BRÛLER POUR TOI

AU CŒUR DES FLAMMES

J.H. CROIX

Chapitre Un

HOLLY

MESSAGE D'INTÉRÊT GÉNÉRAL : Les rendez-vous galants sont une horreur.

J'approchais la trentaine − deux ans n'étaient pas assez pour m'en séparer dans ma tête − et je n'étais vraiment pas pressée. J'étais encore plus saoulée par le fait d'apporter une quelconque importance au fait d'avoir trente ans. Je n'aimais pas avoir l'impression d'être l'une de ces femmes qui est obsédée par son âge.

Mais il semblerait que je le sois. Ou du moins, ces derniers temps je l'étais. Voyez-vous, toutes mes amies tombaient amoureuses, les unes après les autres. J'étais heureuse pour elles. Vraiment. J'étais prête à le jurer, et ce n'était pas une exagération. Mais, eh bien... Je commençais à me sentir un peu abandonnée. Mes amies faisaient même des enfants. Des enfants! Et je n'arrivais même pas à trouver un homme, ou une femme, ou même une créature mythologique avec qui me mettre, encore moins avec qui fonder une famille. Je refusais de me transformer en l'une de ces vieilles célibataires désagréables.

Cela dit, essayer de rencontrer quelqu'un dans une

petite ville en Alaska était difficile. J'adorais Willow Brook. C'était ma ville de naissance, et je n'avais jamais été du genre à avoir besoin qu'on me rappelle à quel point j'aimais cette ville. Non pas qu'il y ait quoi que ce soit de mal dans le fait d'aller explorer le monde. J'avais beaucoup d'amis et de proches, et je n'arrivais pas à envisager de vivre où que ce soit d'autre. Mais essayer de rencontrer quelqu'un de nouveau quand on connaîtt presque tout le monde en ville depuis l'école primaire, ce n'est pas tâche facile.

Correction : depuis que vous êtes bébé. Mais je ne me souvenais pas de quand j'étais bébé, et j'espérais vraiment que personne d'autre ne s'en souvenait. Ce sont toutes ces choses qui m'ont amenée à un point. Ou plutôt, un lieu et un évènement, et la raison pour laquelle j'y étais.

J'ajustai mon costume d'infirmière plutôt moulant. Dans la vraie vie, les infirmières portent des blouses et des chaussures confortables, je le sais, j'en suis une. Rien d'aussi sexy. D'ailleurs, le confort et la facilité de faire disparaîttré les taches de sang sont des choses bien plus importantes que l'apparence. Cette idée du costume d'infirmière sexy m'a toujours fait beaucoup rire. Croyez-moi, quand vous travaillez dans les fluides corporels et que vous voyez les gens dans des états vulnérables, il n'y a pas beaucoup d'espace pour le sexy.

Mais j'adorais mon boulot. J'étais l'une des infirmières en chef des Urgences de l'hôpital de Willow Brook. Je vivais dans mon endroit préféré au monde à faire un boulot que j'adorais. Même le fait d'aider des touristes à se défaire d'hameçons plantés dans des parties absurdes de leurs corps me paraissait être une tâche importante.

Un super boulot, une super ville, de super amis et

proches… et zéro chance de sortir avec qui que ce soit. C'était sans doute ce qui m'avait propulsée dans ma situation actuelle. J'avais réussi à me laisser convaincre de proposer un rendez-vous galant comme prix pour une vente aux enchères lors d'une collecte de fonds pour l'hôpital d'Anchorage. La seule raison pour laquelle j'avais accepté était parce que je pensais que ce serait très drôle. Personne ne me connaîtrait ici et, peut-être, qui sait, que j'aurais une chance de rencontrer quelqu'un.

Alors qu'Anchorage était à environ une heure de route de Willow Brook, la possibilité de rencontrer quelqu'un de nouveau naissait à l'horizon. En plus, Anchorage était une vraie ville.

Cachée dans les coulisses, j'étais un peu stressée. Ce n'était pas seulement une soirée d'enchères, c'était aussi Halloween. D'où le costume. C'était la première fois que j'étais habillée sexy depuis que j'étais infirmière.

Et, même moi, je devais admettre que j'étais canon. Mes seins généreux – qui avaient tendance à m'énerver – étaient écrasés dans ce costume, débordant presque du haut.

Je suis certaine que vous avez une image en tête. L'une de ces tenues blanches, serrées, moulantes, avec des boutons rouges au centre de la blouse, quelque chose que personne n'a jamais vu sur une vraie infirmière. Elle était serrée au niveau de la taille puis s'évasait légèrement vers une jupe courte, qui couvrait à peine mon cul trop gros. Je me sentais un peu mal à l'aise.

Ma vieille amie d'école d'inf, Megan, ne m'avait pas prévenue du fait que ces tenues seraient aussi courtes. J'avais l'impression d'être une strip-teaseuse.

— Oh mon Dieu, tu es canon! dit Megan comme si

elle avait réussi à lire dans mes pensées depuis la pièce d'à côté.

Elle ferma la porte derrière elle en entrant dans la petite loge derrière la scène.

La collecte de fonds se tenait dans un grand théâtre dans les quartiers cools d'Anchorage, qui servait souvent à ce genre de soirées.

— Tu ne m'avais pas dit que cette tenue serait aussi serrée, dis-je en lui lâchant un regard noir.

Megan haussa les épaules.

— Tu es vraiment sexy. Et je me prête au jeu aussi. Tu vois? dit-elle en désignant son corps.

— Comment ça se fait que tu te retrouves avec le costume de la pêcheuse? demandai-je alors que j'observais sa tenue.

Elle portait une salopette de pêche rouge avec un débardeur en soie serré. Oui, l'ensemble était assez dénudé, mais rien à voir avec le minuscule bout de tissu que je portais.

Megan sourit d'un sourire malin.

— Tu es bien plus sexy que moi. J'ai presque pas de fesses, alors que toi tu as des courbes à n'en plus finir. Mais je ne suis pas venue là pour débattre de ton costume. C'est à ton tour dans dix minutes. Je suis vraiment contente que tu aies accepté de faire ça! Je crois que c'est toi qui vas nous ramener le plus d'argent ce soir.

— J'ai l'impression que tu es mon mac. Je suis flattée.

Megan n'eut aucune réaction. Elle me fit simplement un clin d'œil.

— Je suis ravie d'être ton mac. Si tu veux que je te trouve un homme, je serais plus que ravie de m'y atteler. Allez! dit-elle en me faisant signe de la suivre. C'est dommage qu'on ne t'ait pas gardée pour la fin parce que tu es clairement la plus canon.

Puisque la plupart de mes meilleures amies étaient mariées, fiancées, enceintes ou presque enceintes, Megan était l'une des rares amies à qui je parlais de mes problèmes romantiques. Comme moi, elle était encore célibataire. Mais, contrairement à moi, elle ne cherchait pas vraiment à trouver quelqu'un.

Alors que je traversais le couloir, qui était plein de gens qui se préparaient aux enchères, mon ventre se remplit d'anxiété, et je sentis une vague de chaleur dans mes veines. Je réalisai soudainement que cette idée était complètement folle. Cette idée qui semblait amusante et mignonne de loin. Maintenant, alors que mes seins débordaient de mon costume d'infirmière, que mon cul était à moitié nu, et que je portais des talons aiguilles rouges, je me sentais un peu mal à l'aise.

Heureusement, il y avait de l'alcool en coulisses. Je m'arrêtai au bar, qui n'était rien de plus qu'une table en plastique contre un mur, et souris à l'homme qui s'y tenait. Il me lança un sourire.

— Que puis-je pour vous, très chère? Tu es ravissante, et tu vas nous rapporter plein d'argent.

J'avalai une gorgée d'air et soupirai. Cet homme ne me regardait pas avec un air affamé, donc je me sentais bien.

— Je vais prendre deux shots de tequila, répondis-je.

Son sourire s'attendrit.

— Je me contenterais d'un seul si j'étais toi. Je m'appelle Ethan, au fait.

— Holly, répondis-je. Je pense quand même que j'ai besoin de deux shots. Comment tu t'es retrouvé coincé au bar des coulisses?

Ethan rit un peu en me servant un unique shot (un généreux shot, mais un seul).

— Mon partenaire, Jack, et moi sommes propriétaires des galeries d'art Midnight Sun à Anchorage et dans quelques autres villes. On aide à l'organisation des collectes de fonds. Celle-ci est super. Tout l'argent recueilli va dans un fonds qui aide les patients sans assurance santé à obtenir des soins partout en Alaska. C'est pour ça qu'on en fait autant pour cette soirée. Toutes les personnes qui bossent ici ce soir le font bénévolement.

Il me tendit mon premier shot.

— Commençons par un seul.

— Oh non, dis-je en secouant la tête. J'ai dix minutes. Il m'en faut deux.

J'avalai le premier shot, reconnaissant cette brûlure rapide et satisfaisante. Ethan me lança un regard et me servit un second shot. Après le deuxième, j'avais l'impression d'avoir assez de courage liquide pour traverser cette folie.

Ethan papota avec moi pendant que je patientais, son côté détendu me calmant. Quelques minutes plus tard, Megan me conduisait sur scène.

Dès que j'arrivai sur scène, je me détendis. Ça aidait que je sois un petit peu pompette, juste assez pour n'en avoir rien à faire. Je fis ce que j'avais à faire, comme on m'avait dit, je traversai la scène, tournai sur moi-même, en manquant de tomber ce faisant. Heureusement, je ne pouvais pas vraiment voir la salle sous la lumière des projecteurs, car mon hésitation les fit rire.

Le maître de cérémonie s'occupa des enchères. En quelques minutes, quelqu'un avait « acheté » un rendez-vous avec moi pour cinq mille dollars. Oui, CINQ MILLE DOLLARS.

Je m'avançai vers les coulisses, la tête qui tournait et plus que pompette à ce moment-là. Megan me lança un clin d'œil et me fit un signe de pouce en l'air. Ethan, que j'avais décidé de considérer comme mon nouveau meilleur ami, me guida jusqu'à une pièce où j'allais apparemment rencontrer la personne qui avait acheté un rendez-vous galant avec moi, pour la bonne cause. Il s'arrêta devant la porte, me lançant un sourire chaleureux.

— Eh bien, très chère, cet homme te voulait vraiment. Tu viens de dépasser la plus haute enchère de deux mille dollars.

Je ne réussis pas à faire quoi que ce soit de plus qu'un hochement de tête. Alors que la tequila m'attaquait un peu plus encore, je me fichais de tout. Aussi fou que ce soit, au moins, j'avais ramassé cinq mille dollars pour le programme de l'hôpital. Ethan me fit entrer dans la petite pièce où il y avait quelques bouteilles d'alcool et deux chaises. Ils avaient l'air de penser que, s'ils distribuaient de l'alcool partout, les gens seraient assez bêtes pour prendre part à cette soirée. J'étais sans doute l'exemple parfait pour prouver que ça fonctionnait. Je ne savais pas vraiment ce qui allait se passer, maintenant. Apparemment, mon acheteur pouvait sortir avec moi ce soir ou un autre jour. Je pensais que faire ça ce soir n'était pas la meilleure idée, puisque j'étais un peu saoule.

Une minute plus tard, la porte s'ouvrit à nouveau. Au moment où mes yeux se posèrent sur l'homme en question, je tombai des nues. Au lieu d'un acheteur, c'était Nate Fox qui venait d'entrer dans la pièce, avec son mètre quatre-vingts, ses bouclettes brunes, ses yeux marron brillant et ce corps à tomber.

Nate Fox était également le meilleur ami de mon

frère jumeau et le petit frère du mari de l'une de mes meilleures amies.

Pire encore, j'avais toujours trouvé Nate mignon. D'ailleurs, un soir de fête arrosée un peu plus d'un an plus tôt, on avait vraiment failli se sauter dessus dans un placard chez des amis.

Mon frère jumeau nous avait heureusement interrompus. Alex n'était vraiment pas très fin sur ce genre de choses, et il n'avait en aucun cas remarqué ce qu'il avait interrompu. Ou peut-être qu'il avait préféré ignorer la façon dont je m'étais rapidement rhabillée (même si je m'étais rendu compte plus tard que mon chemisier était encore ouvert).

Même si on se croisait presque toutes les semaines, Nate et moi avions réussi à nous limiter à des conversations parfaitement superficielles depuis. Et croyez-moi, ce n'était pas chose facile dans notre petit cercle social. Nate avait été plus que clair par son attitude sur le fait qu'il ne voulait rien de plus avec moi, donc je supposais qu'il devait avoir trop bu. Il fallait que je me sorte la tête du cul et que j'accepte le fait qu'il ne voulait pas de moi.

Au moment où la porte se refermait derrière lui, j'étais juste assez saoule pour être énervée.

— Qu'est-ce que tu fous là? demandai-je.

Il traversa la pièce, s'arrêtant à dix centimètres de moi.

— Qu'est-ce que toi tu fous là? contra-t-il, en plissant les yeux pour accompagner ses mots coupants.

— Ça a l'air de quoi à ton avis? Je récolte des fonds pour l'hôpital. Casse-toi.

Je lui fis signe de partir.

— Quelqu'un vient de payer cinq mille balles pour une soirée avec moi, et je ne vais pas tout gâcher parce que tu es là quand il arrive, marmonnai-je en m'embrouillant un petit peu.

Nate me regarda un instant, une lueur mesquine apparut dans ses yeux avant que sa bouche ne se recourbe.

— Oh, tu n'as pas besoin de t'inquiéter pour ça. C'est moi qui ai acheté ce rendez-vous avec toi.

Mon corps était en feu, une chaleur me traversait follement et mon ventre tournait dans tous les sens à la vue de ce désir pur dans ses yeux. Nate me rendait folle. C'était le meilleur ami d'Alex depuis aussi longtemps que je me souvienne. Si on m'avait dit que je le trouverais sexy quand j'avais dix ans, j'aurais tellement ri que j'en aurais mouillé mon pantalon.

Tout m'avait toujours paru normal jusqu'à il y a environ un an. C'était comme si la tectonique des plaques avait réorganisé la Terre, et j'avais vu Nate un jour et m'étais soudainement rendu compte qu'il était incroyablement canon. Lui rouler des patins cette nuit-là avait été la plus grosse erreur de ma vie. Mon désir s'était transformé en une vague idée de quelque chose de concret, de très réel et de très intense.

Nate m'énervait. Il me disait toujours quoi faire, comme mon frère. La dernière chose qu'il me fallait, c'était d'être attirée par lui. Malheureusement, mon corps n'était pas au courant. Et, à l'instant, ma culotte rendait déjà l'âme.

— Oh, je ne crois pas, non. Je recommence s'il le faut. Je suis sûre que tu peux te faire rembourser.

Pendant ce temps, mes tétons se tendaient et mon vagin se serrait, se rappelant parfaitement la sensation de ses doigts au fond de moi.

Chapitre Deux

NATE

Holly Blake se tenait devant moi, avec un air de défi, testant chaque muscle de retenue que je possédais. Mais c'était l'effet qu'elle me faisait depuis des années. Avec ses cheveux blonds épais détachés qui tombaient sur ses épaules et son corps généreux serré dans sa tenue, j'arrivais à peine à réfléchir.

En la regardant, je n'arrivais même plus à me souvenir de comment j'en étais venu à assister à cette collecte de fonds. Non pas que j'aie quoi que ce soit contre les soirées caritatives. Ma mémoire s'activa, me sortant de la transe dans laquelle la présence de Holly et mon désir fou m'avaient plongé. Mon pote m'avait convaincu de venir parce qu'il s'était retrouvé à filer un coup de main. Je n'étais là qu'en capacité de soutien moral. La dernière chose que j'imaginais faire était de placer une enchère sur quelqu'un. Mais à la seconde où j'avais vu Holly sur scène, je savais que je ne pouvais laisser personne d'autre sortir avec elle.

Elle m'avait laissé sans voix, ce qui n'était pas quelque chose qui m'arrivait souvent, en débarquant sur scène dans le costume d'infirmière le plus sexy que j'avais vu. Bon Dieu. Si j'arrivais à me retenir de la baiser contre un mur tout de suite, je méritais une médaille.

Ses seins débordaient de sa blouse serrée et j'étais presque certain de pouvoir voir sa culotte si elle se penchait un peu. Je me demandais si elle était rouge pour aller avec ses talons hauts.

Je pris une grande inspiration, retenant le désir qui galopait dans mon corps. Qu'est-ce qu'elle venait de dire? Ah oui.

— J'ai gagné l'enchère et je ne veux pas me faire rembourser, répondis-je.

Elle écarquilla puis plissa ses yeux marron. J'étais presque sûr qu'elle était un peu saoule. Holly ne se retenait jamais de dire quoi que ce soit, mais, à l'instant, elle avait l'air un peu plus libre que d'habitude, disons.

— Pourquoi? demanda-t-elle.

— Bon sang, Holly. Tu te trimballes à moitié à poil. Crois-moi, j'ai vu les autres enchérisseurs. Je suis le moins pire. Le gars que j'ai battu en dernier avait presque soixante-dix ans. Non pas que ce soit grave d'être vieux, mais je ne pense pas qu'il soit ton genre de gars. Qu'est-ce que tu fous là de toute façon?

Je savais que j'avais l'air énervé. Je savais aussi que je n'avais en aucun cas le droit de l'être, mais ça ne changeait rien.

Holly se retourna, levant la main pour me faire un doigt d'honneur alors qu'elle s'avançait vers l'autre côté de la pièce. Non pas que la pièce soit grande. Elle retourna vers moi, écartant les pieds et croisant les bras.

— Qu'est-ce que tu fais là, bordel? Comme je te l'ai déjà dit, je récolte des fonds pour l'hôpital. Moi, c'est pour ça que je suis là. Et je ne vois vraiment pas pourquoi tu as besoin de tout gâcher. Je pourrais vraiment rencontrer quelqu'un ici. Mais maintenant que tu es là, je suis coincée avec toi.

Essayer de comprendre ce qu'elle sous-entendait me donna le tournis.

— Qu'est-ce que tu veux dire, bon sang? Tu pourrais rencontrer quelqu'un?

Holly soupira en laissant ses bras retomber avant de poser sa main sur sa hanche. Holly était vraiment tentante. Ses cheveux blonds étaient souvent remontés en une queue de cheval balançante, et elle portait souvent sa tenue de travail. Même quand elle ne faisait aucun effort pour être belle, elle était terriblement sexy. Habillée comme ça?

J'étais tellement foutu.

— J'ai besoin d'un autre shot, marmonna-t-elle avant de faire demi-tour vers la table installée dans le coin où, étonnamment, il y avait plusieurs bouteilles d'alcool.

Elle se servit un shot de tequila et l'avala en quelques secondes.

— Ce n'est pas comme si j'avais vraiment des opportunités romantiques à Willow Brook, marmonna-t-elle en se tournant à nouveau pour me faire face. Je me suis dit que je collecterais des fonds pour cet hôpital et que je rencontrerais peut-être quelqu'un en même temps. Mais pas toi. J'avais pas besoin de te rencontrer toi.

Pour la seconde fois de la soirée, j'étais sans voix.

Et puis merde.

Je m'avançai vers elle, pris ses mains et la tirai vers moi.

— Qu'est-ce que tu crois que tu fais, là? murmura-t-elle alors que son corps se heurtait au mien.

— Tu n'as pas besoin de rencontrer qui que ce soit, dis-je platement.

La respiration de Holly siffla entre ses dents. Quand elle prit de l'air, ses seins se collèrent à mon torse. C'est là que je réalisai mon erreur. Je ne pouvais pas me tenir à proximité de Holly sans la vouloir. Férocement.

La tenir si près de moi signifiait qu'elle ne pouvait en aucun cas ignorer à quel point j'étais dur et prêt. Elle plissa encore une fois les yeux, et elle planta ses doigts dans mon torse.

— Ce n'est pas toi qui décides si j'ai besoin de rencontrer quelqu'un ou non. Je ne suis pas sous ta tutelle, alors ne fais pas comme si.

— Non. Mais j'ai envie de toi, et je sais que tu me veux. Alors, arrêtons de tourner autour du pot et faisons-en quelque chose.

Elle resta bouche bée, les joues rougissantes, ce qui lança une décharge électrique de plus vers ma queue gonflée.

— Tu ne sais pas ce que je veux, annonça-t-elle, en plantant encore une fois ses doigts dans mon torse. De toute façon, tu m'ignores depuis un an.

— Tu essaies de me dire que tu as oublié ce baiser? murmurai-je, glissant ma main le long de son dos pour prendre ses fesses, la caressant et me balançant un peu vers elle.

Elle leva les yeux au ciel.

— Je ne dis pas que je l'ai oublié. Mais tu t'es enfui aussi vite que tu le pouvais. Je ne suis pas stupide. Je ne vais pas supplier d'être encore une nana avec qui tu t'amuses un peu. J'ai presque trente ans, et j'ai besoin de quelque chose de réel, pas de tes conneries.

— Oh ma belle, c'est pas des conneries.

Je me laissai enfin aller au besoin que je contrôlais

depuis bien trop longtemps. Je posai mes lèvres sur les siennes, grognant à l'explosion électrique de ce toucher.

Ce baiser d'il y a un an? C'était comme si on reprenait exactement là où on s'était arrêtés. Mon corps savait exactement ce que je voulais. Je passai ma langue dans la chaleur humide de sa bouche, savourant le gémissement grave qui s'échappait de sa gorge et la façon dont son corps se cambrait contre le mien.

Juste au moment où j'oubliais où nous étions et ce que je faisais, quelqu'un frappa lourdement à la porte. Holly s'écarta de moi en trébuchant. La porte s'ouvrit et l'un des gars qui faisait la billetterie à l'entrée quand j'étais arrivé entra dans la pièce.

— Comment ça se passe ici? demanda-t-il avec un sourire en passant son regard sur nous.

On s'était embrassés pendant environ une minute, mais les lèvres de Holly étaient gonflées, sa peau rougie et mon érection était sans doute évidente si l'on y jetait un œil.

Le regard de Holly se posa sur l'homme.

— Ethan, je suis très contente que tu sois là. On a un problème.

Qu'est-ce qu'elle fait, bordel?

Holly s'approcha d'Ethan, accrochant son bras au sien puis me pointant du doigt.

— Ce n'est pas le bon homme. J'ai grandi avec lui, donc c'est pas possible, dit-elle platement.

Ethan pinça les lèvres, retenant un sourire, nous regardant tour à tour.

— Chérie, c'est pas comme ça que ça marche. Il a acheté un rendez-vous avec toi. À moins que ce soit un violent ou un dangereux, soit tu vas dîner avec, soit on lui rend son argent. Sauf s'il accepte de renoncer au rendez-vous, dit-il prudemment.

— Son argent ne peut pas acheter autre chose? demanda Holly, déterminée.

J'essayai de rester calme, mais j'étais vraiment en colère maintenant.

— Non, dis-je froidement. Tu n'es pas obligée de dîner avec moi. Mais je n'achèterai rien d'autre. Avant que tu ailles inventer quelque chose de ridicule...

Je m'arrêtai un instant pour regarder Ethan.

— ... Je suis le meilleur ami de son frère jumeau. On se connaît depuis toujours. Il n'y a rien de bizarre dans cette affaire.

Ethan resta silencieux, son regard passant d'elle à moi.

— Eh bien, je suis certain que vous pouvez vous arranger. Holly, dit-il doucement en détachant sa main de lui. Si tu veux qu'on le rembourse, tiens-moi au courant. Sinon, je vous laisse seuls pour l'instant.

Dès qu'il ferma la porte derrière lui, j'avançai vers elle. C'était pratique qu'elle se tienne déjà proche du mur. Je posai les mains sur le mur derrière elle et plongeai mes yeux dans les siens.

— Tu es lâche, dis-je platement.

— Je ne suis pas lâche!

— Oh si. En plus, tu me sous-estimes.

— Pardon?

— Tu as raison. Après ce baiser l'année dernière, je t'ai évitée. Parce que je ne voulais pas être bête. Tu es la sœur de mon meilleur ami, il y a déjà ce problème. Je te veux plus que je n'aie jamais voulu qui que ce soit. Je ne savais pas si j'étais prêt à agir. Mais maintenant je le suis. La balle est dans ton camp.

Je restai immobile un instant avant de passer mes doigts le long de son épaule, caressant son petit téton tendu puis traversant la courbe de ses hanches. M'arrêter là demanda toute la force que j'avais, mais je réussis.

Je reculai.

— Tu me dois un rendez-vous. Dis-le-moi maintenant si tu annules. Je pars seul si tu le souhaites, mais ne joue pas avec moi.

Le souffle de Holly s'accéléra. Elle se dandina d'un pied sur l'autre et je l'entendis frotter ses cuisses l'une à l'autre, très légèrement. Je n'avais pas oublié à quel point elle était trempée l'année dernière quand j'avais complètement perdu la tête et que je l'avais presque baisée dans un placard.

Elle me regarda, levant un petit peu le menton.

— Je ne vais pas annuler. Où et quand?

— Tu décides. Mais pas ce soir. Cependant, je vais être très clair. Ce sera un vrai rendez-vous. Tu n'as pas le droit de dire « allons boire un verre au Wildlands », ou un café au Firehouse. Ça non. Dîner et hôtel. J'ai payé cinq mille dollars, après tout.

— Je ne suis pas une pute, rétorqua-t-elle.

Je réduisis la distance entre nous encore une fois, me penchant en avant et attrapant ses lèvres pour un autre baiser. L'embrasser était comme jouer avec des explosifs. Je m'accrochai à ma retenue et reculai.

— Non, absolument pas. Tu en as autant envie que moi.

Chapitre Trois

HOLLY

En me penchant sur le bureau de l'accueil des infirmiers, j'attrapai ma tasse de café froid. Il était presque minuit, ce qui était souvent une heure calme à l'hôpital de Willow Brook, aux urgences. Je pris une gorgée de café et me retournai en entendant mon nom. Par malchance, entre ma gorgée de café et mon mouvement, je renversai ce qu'il restait de ma tasse sur ma blouse.

Et je me retrouvai face à face avec Nate Fox.

Super, vraiment super.

Nate lâcha un sourire lent et amusé alors que mon estomac répondait par une flopée de papillons et que mes joues rougissaient profondément.

— Eh bien, salut Holly, dit-il doucement, ses yeux suivant le café renversé, bien évidemment, sur mes seins.

— Merde, marmonnai-je.

Je me retournai et trouvai la boîte de mouchoirs posée sur le coin du bureau. J'en attrapai plusieurs, épongeant le café, ce qui n'aida pas vraiment, avant de les jeter à la poubelle.

— Ça change tout, dit Nate, la lèvre tremblant de rire.

J'essayai de me reprendre et levai les yeux vers lui avec un soupir.

— Salut Nate. Comment puis-je t'aider? Tu n'as pas l'air blessé.

Il leva le poignet et c'est là que je remarquai le gonflement.

— Je ne sais pas si c'est cassé ou juste une entorse, dit-il factuellement.

— Oh, d'accord, on va t'installer pour jeter un œil. Suis-moi, dis-je en posant la tasse de café et en sortant rapidement de l'accueil infirmier.

Ça m'inquiétait que Nate soit blessé, mais j'étais aussi soulagée d'avoir quelque chose auquel penser. Mon corps s'enflammait presque à chaque fois que je pensais à la dernière fois où je l'avais vu. Et j'y pensais beaucoup. Vraiment beaucoup.

Je ne savais pas si Nate souffrait beaucoup, mais il ne montrait rien dans tous les cas. Il était clairement le genre d'homme à cacher sa douleur. Le genre d'homme qui me rendait folle. Je n'appréciais vraiment pas le constat que je faisais, qui était que Nate avait complètement pris le contrôle de mon corps et de mon esprit. Mais, en ce moment, j'étais professionnelle.

Il était tellement masculin et bien trop beau pour être vrai. Avec ses cheveux brun foncé et ses yeux de la même couleur, un corps fait pour un calendrier; beaucoup de femmes se jetaient à ses pieds. C'était un pilote de campagne alaskienne, il volait dans tout l'État par avion ou hélicoptère, pour transporter des touristes aventuriers, faire des livraisons et pour apporter du soutien aérien aux pompiers forestiers dès qu'ils en avaient besoin. Il adorait le risque et l'aventure, et il savait exactement comment me rentrer dans la peau. Il me rendait complètement folle et notre dernière rencontre m'avait poussée à bout.

En enfonçant ces pensées dans un coin de ma tête, je traversai le hall avec lui, très consciente de sa présente. Il était puissant, dégageait une sensualité qui faisait vibrer mon corps. Je me forçai à rester concentrée sur le moment. Pour l'instant, il était là au milieu de la nuit parce qu'il s'était fait mal à la main. En tant qu'infirmière en chef de garde aux urgences, il fallait que je fasse mon boulot.

Je me grondai intérieurement, me disant qu'il fallait que je reste professionnelle et chassant mes pensées vagabondes. Étant donné que j'étais infirmière aux urgences d'une petite ville comme Willow Brook, je m'occupais très souvent d'amis et de membres de ma famille. Ça faisait partie du boulot. D'habitude, ça ne me faisait ni chaud ni froid, mais m'occuper de Nate testait mes limites.

Après notre dernière rencontre, eh bien, j'avais fait de mon mieux pour éviter tout échange avec lui. Ce qui n'était vraiment pas facile, fallait-il ajouter. Il était ami avec tous mes amis, le meilleur pote de mon frère, et sa belle-sœur était ma meilleure amie.

Je m'arrêtai devant la porte d'une salle d'examen vide et lui fis signe d'entrer.

— Je t'en prie. Je vais regarder et voir si on a besoin d'une radio.

Il s'installa sur une chaise près du comptoir qui longeait le mur. Quand je pris place sur la chaise à roulettes et me tournai pour lui faire face, il tendit la main. Je la pris délicatement entre les miennes. Elle était chaude et gonflée au niveau des doigts.

— Qu'est-ce qu'il s'est passé?

Je levai les yeux pour trouver son regard et un

éclair me traversa. Bon sang. Ces yeux – sombres et dangereux, toujours animés d'un éclat joueur.

Il haussa les épaules.

— Je bossais sur un avion et j'ai détaché les boulons d'une roue sans faire exprès, elle m'a roulé sur la main. Ça m'a fait super mal. Au début, je l'ai ignoré et j'ai continué à travailler. Maintenant c'est vachement gonflé, au cas où tu ne l'aurais pas vu, dit-il avec un rire grave.

— Oh, j'ai vu. Sur une échelle de un à dix – et sérieusement – où est-ce que tu placerais ta douleur? demandai-je en palpant doucement sa main pour voir s'il y avait quelque chose de cassé.

Malheureusement, avec un gonflement si marqué, c'était difficile de sentir quoi que ce soit.

Je posai doucement sa main sur le bras de la chaise, avant de me retourner vers l'ordinateur portable installé sur une station roulante non loin de moi.

— Un cinq peut-être, proposa-t-il.

— Juste cinq?

— Je prends l'échelle au sérieux, dit-il, riant à son propre commentaire. Je me dis que dix serait si je m'étais pris une balle, ou une grosse brûlure, un truc du genre. C'est sûr, ça fait vachement mal. Ça me lance et j'espère vraiment que tu vas me donner un truc pour la douleur, que je puisse dormir. Mais je vais survivre, donc je reste sur un cinq.

Je ne pus m'empêcher de sourire à cette réponse.

— Ça marche, on va dire un cinq. Attends.

Je cliquai sur l'écran de l'ordinateur en touchant le micro pour appeler le département de radiologie.

— Hey, Tad, dis-je dès qu'il répondit. J'ai Nate Fox là, et on a besoin de lui faire une radio de la main. En me basant sur le gonflement, je ne sais pas si c'est une fracture ou juste une grosse contusion. Je ne veux pas trop le manipuler parce que l'œdème est important.

Le rire de Tad traversa l'appel.

— Laisse-moi deviner, Nate a décidé d'attendre avant de venir aux urgences?

Tad était au lycée avec Nate et moi, donc nous nous connaissions tous plutôt bien.

Nate ajouta son grain de sel.

— Évidemment que j'ai attendu. Maintenant je me sens bête, bien sûr, donc fais-toi plaisir et dis-moi que c'était con.

— Je finis juste avec quelqu'un d'autre, donc laisse-moi dix minutes répondit Tad.

— Ça marche.

Je cliquai sur le bouton pour mettre fin à l'appel.

— Bon, on va attendre quelques minutes puis je t'enverrai en radiologie, en bas.

Le regard de Nate trouva le mien. Pendant un instant, une chaleur me traversa. Puis il me fit un clin d'œil qui me fit vibrer de l'intérieur. Je me retournai rapidement, me levant et faisant glisser l'ordinateur sur le comptoir. N'importe quoi pourvu que je m'éloigne de lui. Je me forçai à me concentrer sur le dossier électronique et je pris quelques notes, en parlant alors que j'écrivais.

— Le docteur Lane te donnera sans doute quelque chose pour la douleur, mais tu vas devoir attendre d'être chez toi pour en prendre.

Quand je le regardai, Nate plissa les yeux.

— Si tu penses que je devrais prendre un antidouleur toute de suite et que tu vas me proposer de me déposer chez moi, je suis tes conseils, dit-il d'une voix chargée de sous-entendus.

— Non merci, dis-je rapidement, en décidant

d'ignorer l'excitation qui coulait dans mes veines en voyant le regard brûlant dans ses yeux.

Nate se leva de sa chaise. En un pas, il était juste devant moi. J'étais coincée entre lui et le comptoir, sans nulle part où m'échapper. Il posa ses mains de chaque côté de moi, sa main blessée sur le comptoir, m'emprisonnant.

Mon pouls s'accéléra et mon souffle sursauta alors que mon sang s'enflammait.

— On a encore des choses à régler, dit-il platement.

En essayant de m'accrocher à quelque chose dans ma tête ou dans mon corps – ce corps traître, qui laissait mes tétons se dresser comme s'ils suppliaient Nate de les regarder – j'essayai de prendre une grande inspiration mais ne réussis pas à trouver de l'oxygène. Ses yeux descendirent vers la tache de café sur ma blouse puis remontèrent, un regard omniscient qui ne fit qu'augmenter la température de mon corps.

— Je ne sais pas de quoi tu parles, dis-je enfin, en mentant ouvertement.

Le sourire narquois de Nate m'énerva immédiatement.

— On s'est embrassés. C'est tout, sifflai-je.

— Oh, Holly, dit-il en secouant la tête. Ce n'était pas juste un baiser. Tu me veux, et je te veux. Soyons honnêtes et réglons ce problème.

Aaaah!

Le problème était que je ne voulais pas simplement Nate. J'étais complètement et éperdument entichée de lui, mais je n'avais aucune intention de l'admettre. Il était bien plus que juste sexy à mes yeux. Il me donnait envie de choses qui pourraient être de terribles erreurs. Nous avions bien trop d'amis en commun. Willow Brook était une ville bien trop petite pour essayer quelque chose de stupide du genre « amis mais plan cul » sans se faire remarquer.

J'avais déjà survécu à la mort tragique de mon petit ami de lycée des années plus tôt et j'avais réussi à m'en remettre. C'était difficile à faire dans une petite ville parce qu'on ne peut jamais oublier le fait que tout le monde sait ce qu'il se passe. Et je ne pouvais vraiment pas envisager de m'en sortir si je me laissais aller à la folie qui montait entre Nate et moi, alors que je savais très bien qu'il ne voulait rien de plus qu'une aventure brève.

Nate Fox était presque un professionnel des coups rapides. Ce n'était pas un connard, mais il ne faisait pas dans le sérieux.

Je commençais à penser que je serais peut-être célibataire pour le restant de mes jours. Alors que mes amies tombaient les unes après les autres, comme des dominos : amoureuses, fiancées, enceintes; je me sentais un peu hors du coup ces jours-ci.

Tandis que je me tenais là avec Nate, son corps dur et musclé tel une tentation divine, je pris un instant pour profiter de la vue. Ses cheveux bruns épais et ses yeux couleur café. La nature avait été bien trop généreuse avec Nate. Il avait une mâchoire carrée avec une fossette au centre du menton. Bon sang, il avait même une fossette au centre de la joue quand il souriait. Son nez était légèrement tordu après une chute à vélo qui l'avait cassé quand il était môme.

Voyez, quand on grandit avec quelqu'un, on connaît tous les détails les plus insignifiants. J'avais un peu le béguin pour lui au lycée, en vrai. Il ne me regardait jamais à cette époque. Nous étions amis et rien de plus. Son grand frère, Caleb, sortait avec ma meilleure amie, Ella. Le meilleur ami de Caleb, Jake, et moi nous étions retrouvés à passer du temps ensemble par conséquent et, au bout d'un moment, on s'était mis à sortir ensemble. J'aimais bien Jake, et on s'amusait bien ensemble, mais je ne m'étais jamais dit que c'était l'amour de ma vie. Depuis que Jake était mort dans un terrible accident de voiture, je n'étais pas sûre de comment me relever.

Je fus sauvée par l'appel de mon nom dans le haut-parleur de l'hôpital. Je déglutis, soulagée quand Nate recula.

— La radio est au sous-sol. Prends l'ascenseur et suis les panneaux. Tad te dira quoi faire après ça, dis-je rapidement.

Après avoir envoyé Nate vers le département de radiologie, je me dis que je ne le reverrais pas de la soirée. Tad enverrait Nate voir le docteur. Je me lançai dans le prochain cas qui avait débarqué. Apparemment, ce gars avait décidé de travailler tout seul dans son garage avec une scie sauteuse et s'était presque coupé le doigt. Parce que, bien sûr, il s'était dit que « la languette de sécurité ne servait pas à grand-chose au final ».

HOLLY

Une bonne heure de plus s'était écoulée quand je traversai le couloir après la fin de ma garde. L'hôpital de Willow Brook était monté sur trois étages. Les urgences étaient en fait au deuxième car l'hôpital était construit sur une pente, et le parking des urgences arrivait au niveau du deuxième étage du bâtiment. Le rez-de-chaussée était pratiquement un sous-sol, même si le parking des employés était dans le sous-sol officiel, à l'autre bout de l'hôpital.

En entrant dans l'ascenseur, je fus surprise de trouver Nate. Je supposais qu'il était parti depuis longtemps. Mon cœur se mit à battre follement au moment où mes yeux se posèrent sur lui. Il était tard maintenant, presque une heure du matin. Il n'y avait personne d'autre dans l'ascenseur.

Sa bouche se recourba dans un coin avec un sourire malin.

— Eh bien, rebonsoir. J'ai fini. Rien de cassé, juste une grosse contusion, dit-il en levant la main, maintenant dans une attelle. Ils veulent que je porte ça pour ne pas empirer la chose avec trop de mouvement.

J'essayai de calmer mon pouls, mais mon cœur m'ignora complètement, s'écrasant contre mes côtes alors qu'une chaleur s'emparait de mes veines. Je pensais que j'étais mal en point après notre petite aventure dans ce placard l'année dernière. Mais j'avais réussi à reprendre le contrôle, puis cette soirée de charité avait tout gâché.

C'était à Halloween, l'année dernière. Nous étions maintenant au milieu du mois de janvier. Je n'avais pas oublié ce qu'il avait dit en s'éloignant cette nuit-là, que la balle était dans mon camp. Nate avait payé cinq mille dollars pour une soirée avec moi. Ça ne devrait pas être grave, mais je n'avais apparemment plus été capable de lui en reparler depuis. C'était devenu une énormité dans mon esprit.

Et maintenant nous étions là, coincés dans un ascenseur. Seuls.

Lâche que j'étais, je demandai :

— Tu descendais ici, peut-être?

Les yeux de Nate s'assombrirent. Je sentais qu'il lisait en moi comme dans un livre ouvert, et pouvait voir toutes mes inquiétudes mélangées. Il secoua la tête.

— Non.

En passant devant moi avec sa main intacte, il appuya sur le bouton pour fermer les portes puis appuya rapidement sur le bouton pour arrêter l'ascenseur. En un éclair, il était à côté de moi. J'enroulai mes mains sur la petite barre qui faisait le tour de l'ascenseur, m'accrochant comme si ça pouvait me sauver.

Je sentais sa chaleur et sa force. Si mon pouls était rapide avant ce moment, il atteignait un nouveau record. Mon souffle s'accéléra et mon ventre tremblait, alors que la chaleur s'emparait de moi, des pieds à la tête. Je savais que mes joues étaient toutes roses parce que mon visage était chaud. Mon bas-ventre se serra et j'essayai de reprendre mon souffle.

Nate s'avança de façon décidée et délibérée, plaçant ses mains de chaque côté de moi. Sa main en attelle était posée délicatement contre la barre alors que l'autre s'enroulait sur le métal. Je levai les yeux et son regard trouva le mien, ses yeux marron riche traversant mon visage. Il était assez proche pour que mes seins s'écrasent contre son torse quand j'essayai de prendre une profonde inspiration.

— Alors... lâcha-t-il. On dirait que tu fais ta poule mouillée.

J'avais envie de le contredire, d'argumenter le fait que je ne savais pas de quoi il parlait. Mais je savais exactement ce qu'il voulait dire. Je dus presque m'arracher la langue pour me retenir de dire quoi que ce soit. Après un instant, je réussis à me reprendre.

— Non. J'attends juste le bon moment, marmonnai-je en levant le menton.

Mensonge, mensonge.

— Oh, vraiment? Et quand est-ce que tu penses que ce sera le bon moment?

— Écoute, si tu veux te faire rembourser, j'appelle l'organisation et je leur explique que j'ai fait de la merde. Ou mieux encore, je te rembourse moi-même.

— C'est absurde. T'as pas cinq mille balles qui traînent.

Il resta silencieux un instant. Ma proposition n'était qu'un signe de plus que j'étais désespérée. Je ne pensais pas en être capable. J'avais peut-être le béguin pour Nate depuis des années, mais je ne pouvais pas supporter la façon dont les choses allaient se dérouler.

Nate était un tombeur. Aussi simple que ça. Je le connaissais depuis toujours. Étant donné qu'il était le meilleur ami de mon frère jumeau, j'étais plutôt au courant de ses habitudes romantiques, ou plutôt de l'absence de romance. Je ne cherchais pas un plan cul. Et je ne cherchais pas à me faire briser le cœur. J'aimais beaucoup trop Nate pour penser qu'une situation d'amis qui couchent ensemble pourrait fonctionner. Ça ne marcherait simplement pas.

— Ce n'est pas une question d'argent, Holly, ajouta Nate, son ton grave me faisant frissonner.

Je déglutis, en essayant d'avaler assez d'air pour continuer. Je ne réussis qu'à coller mes seins à lui, bien consciente du fait qu'il sentait sans doute mes tétons durcis. Ils lui faisaient quasiment signe à ce stade, lui disant bonjour en se dressant, sans me demander mon accord.

J'avais envie de débattre, d'insister pour qu'il me laisse le rembourser avec de l'argent que je n'avais pas. J'ouvris la bouche pour parler et rien ne sortit. Même si, pour être honnête, je n'étais simplement plus capable de parler à cet instant. Le sujet n'était pas le problème. Mon corps partait en vrille, j'avais chaud, ma culotte était trempée. C'était vraiment gênant. Je connaissais la réputation de Nate, qui disait qu'il était très bon au lit, et ça n'aidait pas. Willow Brook était vraiment une petite ville, et il avait fait un large tour des femmes célibataires de la ville, et des touristes qui débarquent tous les étés.

Alors que je me débattais pour essayer de former une phrase cohérente, il détacha sa main de la barre, passant ses doigts dans mes cheveux. Il écarta des mèches perdues de mon front, les plaçant derrière mon oreille alors qu'une chair de poule naissait partout où ses doigts caressaient ma peau.

— Tu as peur, murmura-t-il.

Je secouai rapidement la tête, énervée et plus excitée que jamais dans ma vie.

— D'accord, alors prouve-le.

— D'accord, dis-je enfin, menée par ma colère.

Elle me traversa comme un éclair, mélangeant mon désir peu pratique et me rendant folle, tellement excitée que je n'arrivais plus à penser.

— Tu auras ton rendez-vous. On dîne à Susitna Burgers & Brew à Anchorage. À la Saint-Valentin.

Nate écarquilla les yeux avant qu'ils ne prennent une teinte plus sombre.

— D'accord, peut-être que tu n'es pas aussi poule mouillée que je le pensais, murmura-t-il juste avant de se pencher en avant pour passer ses lèvres sur les miennes.

Ce contact subtil était comme une explosion de chaleur, mes lèvres en picotaient encore quand il se recula, restant à un centimètre de là. Après un petit gros mot marmonné, il posa sa bouche sur la mienne encore une fois.

Oh. Mon. Dieu.

C'était plus que des simples baisers que nous partagions. Au moment où Nate pencha la tête et passa sa langue dans ma bouche, j'étais perdue. Sa langue roula sur la mienne, chaque caresse me poussant plus loin dans la spirale du plaisir qui montait en moi. Sa main arriva au bout de mes cheveux, passa sur mon épaule, plaisanta une seconde avec mon sein avant de le prendre à pleine paume à travers la blouse.

Quand son pouce passa sur la pointe tendue de mon téton, je gémis dans sa bouche, retenant un cri quand il s'approcha plus près de moi et que je pus sentir la bosse de son excitation se presser contre le bas de mon ventre. Notre baiser s'enflamma. Avec un grognement grave, il arracha ses lèvres aux miennes et déposa des baisers le long de ma mâchoire, mordant mon oreille et me faisant frissonner. Rien ne pouvait me rassasier. Ce n'était pas comme si je ne savais pas que Nate était ultra musclé, masculin, mais le fait d'avoir tout son corps contre moi, son torse dur et puissant, la sensation de son dos qui se tend alors qu'il se cambre contre moi... Bon sang, je n'aurais jamais trouvé la force de partir.

Il me rendait folle. J'étais à bout de souffle, mes hanches se balançant contre lui alors que son genou était logé entre mes cuisses.

— Putain, Holly, marmonna-t-il, la caresse de ses lèvres jouant avec la peau sensible le long de mon cou avant qu'il ne parte explorer la vallée de mes seins.

Je perdis le sens des réalités, perdue dans nos corps alors qu'il passait sa main sous mon haut. À un moment, il releva ma blouse, se penchant pour passer sa langue autour d'un de mes tétons, puis l'autre, à travers la soie de mon soutien-gorge. Une humidité dense se formait en mon centre tandis que ce désir ne faisait que grandir.

J'entendis clairement ma voix prononcer son nom, en le suppliant de m'en donner plus.

— J'ai besoin de te toucher, grogna-t-il en mordillant mon téton.

Sa main passa sur la courbe de mon ventre. Même si personne ne pouvait dire qu'une blouse d'infirmière était sexy, ça avait l'avantage de rendre les choses faciles. En tirant sur la petite ficelle de mon pantalon, il put facilement passer sa main entre mes cuisses. Je n'hésitai même pas, écartant les jambes plus largement quand il écarta son genou. Il passa ses doigts sur la soie mouillée là aussi, et je retins un grand gémissement.

Je ne pensais plus. Du tout. Tout ce que je savais, c'était qu'il fallait que ça ne s'arrête pas. Heureusement, Nate semblait être du même avis. Une autre caresse sur la soie puis il l'écarta, plongea un doigt puis deux dans mon canal trempé. Je dégoulinais pour lui. Je le sentis lever la tête de là où il m'embrassait, sur la clavicule.

— Holly, murmura-t-il, sa voix jetant une autre étincelle sur le feu qui brûlait en moi.

Je me forçai à ouvrir les yeux pour trouver son regard sombre qui m'attendait. Il décida de me faire perdre la tête avec ses doigts. J'oubliai tout : où nous étions, les raisons rationnelles pour lesquelles je ne devrais pas laisser ce moment continuer, pourquoi je détestais être vulnérable avec qui que ce soit, encore plus avec lui. Je courais après une explosion de plaisir, hurlant quand il passa son pouce sur mon clitoris gonflé en plongeant ses doigts au fond de moi.

Si l'expression « me baiser des yeux » avait une application pratique, ce que faisait Nate en aurait été l'exemple parfait. La chaleur brûlante de son regard ne faisait qu'alimenter mon orgasme, alors que les éclats du plaisir s'emparaient de mon corps. Ma tête tomba contre le mur de l'ascenseur et j'avais du mal à reprendre mon souffle.

Nate retira lentement sa main, ses yeux posés sur moi tout du long. J'étais presque certaine que je fondrais au sol s'il ne me tenait pas. Il noua même la ceinture de mon pantalon d'infirmière et arrangea mon haut. Alors que mon cerveau revenait enfin à la surface, on entendit un gros crac et une voix s'annoncer dans le micro de l'ascenseur.

— Test, test. Est-ce que tout va bien ou est-ce que l'ascenseur est coincé? demanda une voix masculine.

— Oh mon Dieu, marmonnai-je.

Nate trouva ça amusant, son regard trouvant le mien alors que ses lèvres se recourbaient en un sourire malin qui ne fit que réveiller mon désir, et me rendant bien trop consciente de ce qui venait de se passer.

J'essayai de le pousser. Ce qui n'eut aucun effet et il ne bougea pas.

Il leva la tête et répondit à la personne de l'autre côté de l'interphone.

— Tout va bien.

Il tendit le bras pour appuyer sur le bouton de l'ascenseur afin de le relancer, avant d'enfin reculer.

La réalité de ce qui venait de se passer s'écrasa sur moi. Heureusement, il n'y avait pas de caméra. Que je sache.

Oh super, encore un truc sur lequel tu peux flipper.

Les quelques minutes jusqu'au rez-de-chaussée se déroulèrent en silence. Quand on sortit, la main de Nate se posa dans le bas de mon dos. Je n'arrivais pas à trouver les mots, et encore moins la force de le repousser. C'était le problème que j'avais quand on en venait à lui. Dès qu'il me touchait, j'en voulais plus.

Mon manteau était posé sur mon bras et je m'y agrippai. Je m'arrêtai près des portes, m'éloignant enfin de lui pour enfiler mon manteau et le fermer. Mes tétons étaient encore tendus, si tendus qu'ils me faisaient mal.

Alors que mes joues étaient encore chaudes, je rencontrai son regard.

— Eh bien, je suis sûre qu'on se croisera, dis-je enfin.

— Bien sûr. Je t'appellerai avant la Saint-Valentin.

Quatre longues semaines s'étalaient devant moi.

Chapitre Cinq

NATE

Je penchai l'avion légèrement alors que je traversais les nuages dans la direction de Denali, visible au loin. J'avais le meilleur boulot du monde. J'étais pilote d'avion et d'hélicoptère partout en Alaska, parfois pour des touristes, parfois pour du transport de biens et parfois juste pour le fun.

Quand on regardait les statistiques, on pouvait dire que mon boulot avait ses risques. Les accidents d'avion en Alaska variaient d'année en année, mais tournaient le plus souvent autour du double que dans les autres États. J'adorais mon boulot, donc le risque me paraissait en valoir la chandelle. Dès que je m'élevais dans les airs, la vie sauvage s'étalait devant moi. La cathédrale naturelle d'Alaska était splendide. Des montagnes, le soleil qui perçait à travers les nuages, les glaciers, des kilomètres et des kilomètres de forêt sauvage, des rivières qui reflétaient les rayons du soleil, et l'océan. Tout cela pour vous rappeler que vous n'êtes qu'un grain de poussière dans l'univers.

Malgré les risques, ce n'était pas l'adrénaline qui me donnait envie de voler. J'adorais la liberté que je ressentais dans les nuages. Et une autre chose qui aidait : le salaire était génial et j'étais plus ou moins mon propre patron. Je gérais une petite compagnie d'aviation à Willow Brook, et je m'associais avec de plus grosses compagnies à Anchorage.

Pendant l'été, chaque jour était différent. Il n'y avait rien de monotone à propos de mon job. Parfois, je faisais des allers-retours pour transporter des équipes de pompiers vers des feux sauvages, pour je jetais du produit ignifuge sur les flammes, depuis le ciel. D'autres fois, je transportais des touristes vers des coins de pêche et de chasse. D'autres jours encore, j'emmenais simplement des gens voir le paysage depuis le ciel.

Je penchai doucement l'avion alors que j'arrivais près d'une cabine isolée au loin, située au bord d'un lac magnifique au milieu de nulle part, en Alaska. À vol d'oiseau, je n'étais que deux heures au nord-ouest de Willow Brook. Mais tout autre moyen de transport était un long voyage à travers des terrains complètement sauvages.

Le concept d'une piste d'atterrissage en Alaska était un peu différent que dans la plupart des autres endroits. Dans les zones isolées, ça pouvait être une petite piste en gravier, ou un champ d'herbe, ou un lac. Cette cabine avait une petite piste en gravier d'environ un kilomètre et demi, juste assez pour atterrir. En hiver, c'était plus compliqué, mais la météo avait été de notre côté et les propriétaires de la cabine entretenaient plutôt bien leur piste.

Pour piloter des hélicoptères vers la forêt pour les pompiers, il avait fallu que j'apprenne à atterrir sur un demi-mètre carré dans toutes sortes d'intempéries pour transporter des gens en toute sécurité. J'adore la précision de ce genre de tâches. En me posant de façon légère, je m'arrêtai lentement au bout de la piste. Le vent était calme aujourd'hui, ce qui était toujours bon à prendre. Parfois, j'avais l'impression de voler dans un sèche-linge quand mon petit avion était malmené par les bourrasques.

Une fois au sol, ça ne me prit pas longtemps pour faire monter tout le monde. La cabine accueillait les aventuriers les plus endurcis. En hiver, ça voulait souvent dire les skieurs hors-piste. Ce groupe était plutôt amical et ils m'aidèrent à tout charger avant qu'on décolle.

Quelques heures plus tard, j'étais de retour à Willow Brook, à enfermer l'avion dans mon hangar avant de me diriger vers ma voiture. Je possédais ce terrain et plusieurs hangars en bordure de Willow Brook. J'avais économisé de l'argent pendant mes premières années de vol, et maintenant je louais ces hangars aux autres pilotes de la région.

Je sortis dans la nuit froide, et vis le soleil se coucher au loin, laissant des traînées de rose et de violet dans le ciel. J'avais prévu de retrouver mon frère et quelques amis au Wildlands ce soir, un bar restaurant populaire pour les locaux et une attraction à touristes pendant l'été.

Les lumières étaient encore allumées dans plusieurs des magasins de la ville alors que je traversais le centre de Willow Brook et suivais une route parallèle à la grand-rue pour arriver sur l'avenue du lac Swan. Le lac Swan était la pièce centrale de Willow Brook et brillait sous le soleil couchant. C'était un lac tentaculaire qui accueillait toute sorte de vie sauvage, et surtout des cygnes trompette qui donnaient leur nom au lac. L'étendue d'eau était entourée de pavillons de chasse et de plus petites maisons qui, pour la plupart, étaient fermées pendant l'hiver. Le Wildlands, en revanche, était ouvert toute l'année.

Le parking de cet hôtel énorme à la structure en bois était presque plein. Je garai ma voiture dans un coin, rangeai les clés dans ma poche et m'avançai vers la porte arrière. La chaleur et le son des conversations m'englobèrent alors que je traversais le couloir arrière vers le bar restaurant.

Un plancher usé et des poutres apparentes offraient un espace pratique et ouvert. Les propriétaires aimaient faire dans la simplicité avec des tables et banquettes en bois, quelques tables de billard et une petite scène de l'autre côté pour les musiciens qui passaient par là pendant l'été.

Le côté bar était toujours plus plein que le côté restaurant, mais même le restaurant était complet ce soir. J'observai la salle des yeux et mes yeux tombèrent sur les cheveux blond clair de Holly. Évidemment qu'elle était là. On traînait avec les mêmes gens, ce qui ne faisait que compliquer les choses, car le désir que je ressentais pour elle était loin d'être pratique. Un sentiment d'anticipation explosa dans mon corps, comme un moteur qui démarre. Ça faisait à peine trois jours que nous nous étions croisés à l'hôpital, pendant ce moment qui avait demandé toute ma volonté pour me retenir de la baiser contre un mur dans l'ascenseur.

En traversant la foule, je me dirigeai directement vers Holly parce que je savais que mon frère serait au même endroit, et sans doute le frère jumeau de Holly, Alex. Le béguin que j'avais pour Holly datait de bien plus loin que ce qu'elle savait. On avait grandi ensemble, nos petits mondes se croisant tout le temps à Willow Brook. Il fallut attendre le lycée pour que je remarque qu'elle était plus que la sœur chiante de mon meilleur pote. Alex l'embêtait, bien sûr, et je suivais. Quand on était mômes, je ne réfléchissais pas plus que ça. Quand elle était jeune, Holly était volontaire, très sévère dans ses opinions et plutôt garçon manqué.

Au lycée, comme une révélation, du jour au lendemain, je l'ai vue et j'avais envie d'elle. Férocement. Elle avait toujours été un peu en avance dans son développement, mais tout d'un coup, un jour, j'avais remarqué sa poitrine généreuse et ce cul rond. Puisque son frère jumeau et moi étions toujours ensemble, je passais beaucoup de temps chez eux. Elle se baladait tout le temps en débardeurs et shorts de sport, sans se rendre compte qu'elle révélait beaucoup trop de choses.

Des années plus tard, je pouvais avouer que ce n'était qu'un désir physique. Bon sang, les ados sont entièrement gouvernés par leurs hormones. Je n'avais jamais rien tenté. Déjà, il y avait l'obstacle du frère, mon meilleur ami, puis elle s'était mise à sortir avec Jake Green. Je ne savais pas vraiment à quel point elle tenait à lui, mais j'adorais la faire chier à ce sujet. Et puis tout a explosé.

Une autoroute gelée d'Alaska, un conducteur saoul qui arrivait en face, et quatre mômes dans un horrible accident de voiture : mon grand frère, Caleb, sa copine et meilleure amie de Holly, Ella, et Holly et Jake.

Jake était passé à travers le pare-brise et était mort sur le coup. Les autres avaient tous survécu, même si Ella était passée très près de la mort, et serait sans doute morte si Caleb ne l'avait pas sortie de cette voiture en feu.

L'accident avait eu des conséquences très douloureuses dans le petit monde de Willow Brook. Ça avait été un sacré choc. Un jour, Jake était en vie, et le lendemain matin, on apprenait tous qu'il était mort. Pendant ce temps, Ella tenait à un fil dans l'unité des grands brûlés de l'hôpital d'Anchorage, et ce pendant des semaines.

Holly avait quelques brûlures et coupures. Caleb s'en était sorti avec rien de plus que quelques égratignures, mais il s'était effondré émotionnellement quand Ella l'avait quitté. Ils s'étaient remis ensemble, mais ça avait pris des années pour qu'ils en arrivent là.

Tous les bons côtés de l'adolescence avaient été mis en pause pour nous tous qui étions proches de l'explosion émotionnelle de cet accident. Holly et moi avions gardé une distance polie. Le moins qu'on puisse dire était que je n'avais aucune idée de comment réconforter quelqu'un dans une situation comme ça. J'avais essayé de ne déranger personne, ni Caleb, ni Ella et encore moins Holly. Les vannes et les blagues, qui étaient mes réponses à tout à l'époque et encore aujourd'hui, paraissaient complètement déplacées.

Holly était restée à Willow Brook, en ne partant que peu de temps pour aller faire son école d'infirmière à Anchorage. J'étais allé en école de vol, pour me spécialiser sur les petits avions et hélicoptères. Les choses avaient changé entre nous, et j'avais ordonné à mon corps d'arrêter de fantasmer sur elle.

Ça faisait des années, maintenant. Plus rien de tout cela ne comptait. Quand j'approchai la grande table ronde, je remarquai que la seule chaise vide était à côté de Holly. Parfait. Je m'y installai et scannai la table des yeux. Caleb était là avec son bras sur les épaules d'Ella. Caleb et moi avions les mêmes cheveux marron et les mêmes yeux, alors qu'Ella avait des cheveux noirs et des yeux verts. Pour la première fois depuis des années, Caleb semblait être à nouveau lui-même.

Cet accident l'avait presque détruit. Son meilleur ami était mort et sa copine n'était vraiment pas passée loin. Ella et Caleb étaient de ces gens rares qui se rencontrent jeunes, et où tout le monde sait qu'ils sont faits l'un pour l'autre, même à ce moment-là. J'étais bien trop soulagé quand ils s'étaient enfin remis ensemble. Je pouvais recommencer à me moquer de lui.

Cade Masters, le grand frère d'Ella, était là, avec sa femme Amelia. Quelques pompiers forestiers ainsi qu'une amie de Holly, Rachel Garrett, une assistante médicale, étaient aussi là.

Je souris quand Caleb m'interpella :

— Hé! Comment était ton vol?

— RAS, exactement ce que j'aime. Le vent était calme, ce qui n'est pas toujours le cas quand il y a du soleil, donc une victoire.

Un serveur arriva à la table et je commandai une bière et un hamburger, en jetant un œil au verre de vin presque vide de Holly.

— Besoin d'un autre verre? demandai-je.

Ses grands yeux marron trouvèrent les miens. Mon corps se tendit immédiatement, cette vibration d'excitation sursautant.

— Avec plaisir, répondit-elle en regardant le serveur et en levant son verre.

— Je reviens tout de suite, dit-il en s'en allant.

— Comment ça va? demandai-je.

Les joues de Holly rosirent alors qu'elle levait les yeux vers moi. Ça n'aidait en aucun cas que je sache maintenant ce que ça faisait d'embrasser ses lèvres. Le souvenir était frais. Elle avait des lèvres rebondies et pulpeuses, et une langue joueuse; je savais déjà qu'elle me rendrait fou avec quand elle la passerait sur ma queue.

Les choses que j'avais envie de faire à Holly Blake n'étaient pas le genre de pensées que je pouvais avoir tout de suite.

— Bien, dit-elle d'une voix un peu sifflante.

Elle finit rapidement son verre de vin.

— Et toi?

— Pareil. Moins d'un mois avant la Saint-Valentin, répondis-je avec un sourire malin.

Ses joues rosirent un peu plus. Bon sang, je mourais d'envie de l'embrasser.

— Qu'est-ce que tu fais? siffla-t-elle.

Je ne pus m'empêcher de sourire. Je me doutais bien que Holly voulait que notre rendez-vous à venir reste un secret, un secret très bien gardé. Même si je n'étais pas prêt à ce que tout notre cercle d'amis soit au courant, ça ne me dérangeait vraiment pas de l'embêter de cette façon.

Je posai mon coude sur la table, enroulant mon autre main sur sa cuisse, sentant la chaleur de sa peau à travers son jean.

— Quoi? demandai-je innocemment.

— Qu'est-ce que tu fais? répéta-t-elle, d'un ton grave et féroce.

— À ton avis? murmurai-je en remontant ma main sur sa cuisse.

Elle bougea les jambes et me lança un regard noir. Même si ça m'amusait beaucoup trop de l'embêter comme ça, j'avais sous-estimé la réaction que mon corps aurait en étant si proche d'elle. Ma queue était toute gonflée et pressée contre les boutons de ma braguette.

Mais comme c'était Holly, et comme nous étions revenus dans une dynamique où je ne pouvais pas m'empêcher de l'enquiquiner, je laissai témérairement ma main sur sa cuisse, la caressant avec mon pouce. La tentation de monter plus haut et de sentir la chaleur de son centre était forte.

C'était ça qui me rendait complètement fou chez

Holly. Je ne faisais jamais ce genre de choses. J'avais des aventures brèves, légères, et que je contrôlais toujours. Holly m'avait volé mon contrôle.

Cade dit quelque chose, tirant mon attention vers lui. La conversation continua autour de nous alors que je n'étais qu'à moitié concentré. Ma bière arriva, suivie de mon burger, et ce n'est qu'à ce moment-là que je retirai ma main d'elle. Bon sang, le simple fait que toucher sa cuisse m'excite à ce point en disait long.

Holly était occupée à parler à Amelia quand Ella fit un commentaire dans ma direction.

— Oh, eh bah c'est le boulot de Nate, dit-elle en me lançant un sourire amusé.

— Le boulot de Nate? répondit Caleb.

— Le don Juan du coin, dit Ella avec un petit rire. Même si, quand j'y pense, tu délaisses un peu ton boulot ces temps-ci.

Je sentis le regard de Holly se poser sur moi. Normalement, j'aurais pris la vanne sans problème, mais j'étais coincé. Je voulais la jouer cool et le prendre comme une blague. Mais je ne voulais vraiment pas que Holly pense que c'était encore comme ça que je faisais les choses. Plus encore, je ne voulais pas qu'elle surinterprète ce qu'il se passait entre nous. Je me disais que ça la ferait fuir.

Alors qu'il y avait trop d'yeux posés sur moi à attendre ma réponse, je haussai simplement les épaules et ris.

— Je ne suis pas vraiment un don Juan.

Je sentis le regard de mon frère sur moi alors qu'il plissait les yeux. Caleb avait fait une remarque comme ça l'autre jour. Il n'hésitait jamais à me faire chier. Il avait gardé son rôle de grand frère responsable toutes ces années. D'une certaine façon, la mort tragique de son meilleur ami au lycée et le fait qu'Ella avait failli mourir avaient complètement volé son sens de l'humour à Caleb. Il le retrouvait doucement, mais il n'avait jamais été le boute-en-train de la bande.

Que ce soit en réaction à ces évènements ou non, ça avait toujours été mon rôle dans la famille, de plus d'une façon.

— Eh bien, je voudrai bien le croire quand tu te caseras, dit Ella avec un autre rire.

Ces temps-ci, elle insistait sur ce sujet aussi, en me disant que j'allais rater la bonne personne si je refusais d'envisager quoi que ce soit de sérieux. Étant donné qu'elle était la meilleure amie de Holly, je n'avais aucune intention de dire à Ella que j'étais distrait et sur les nerfs, bien trop pour voir n'importe quelle autre femme, tout ça à cause de Holly.

D'ailleurs, je n'avais couché avec personne depuis cette vente aux enchères caritative d'Halloween. Contrairement à l'année dernière, quand on avait tous les deux un peu trop bu et qu'on s'était roulé des patins dans un placard, cette fois, je n'avais pas réussi à me débarrasser de l'effet que Holly me faisait.

— D'accord, eh bah tu le croiras peut-être un jour, répondis-je simplement.

Caleb leva les yeux au ciel et secoua la tête alors qu'Ella me tapotait l'épaule. J'adorais mes amis et j'adorais ma famille, mais je n'aimais pas à quel point ils mettaient le nez dans mes affaires. Heureusement, la conversation passa à autre chose quand le serveur passa récupérer nos assiettes vides et demander si on avait besoin d'autre chose.

Chapitre Six

HOLLY

Mes joues étaient chaudes, ma culotte était trempée et mon pouls n'en finissait plus d'accélérer. Non pas que je voulais que mon pouls s'arrête, bien sûr. Ça voudrait dire que je faisais une crise cardiaque. Même si j'étais certaine que Nate était la personne la plus capable de me faire faire une crise cardiaque.

Il fallait que je m'échappe. Alors qu'il était à côté de moi, sa chaleur et sa force vibrant vers moi, et l'odeur de bois qu'il portait m'arrivant jusqu'au nez, j'étais dans tous mes états. Je pris une inspiration tremblante, la relâchant doucement. Quand Charlie se leva, annonçant qu'elle partait, j'attrapai ma veste.

— Je dois partir aussi, dis-je joyeusement.

Sans prendre le temps d'attendre que tout le monde dise au revoir, j'envoyai un baiser collectif à la table avec ma main, me dépêchant de rattraper Charlie. Elle regarda par-dessus son épaule, trouvant mon regard de ses yeux gris.

— Ça va? demanda-t-elle.

J'avais envie de dire : « Pas du tout. J'ai envie de baiser l'un de mes meilleurs amis, ou quelqu'un qui était l'un de mes meilleurs amis avant, mais on s'est éloignés parce que c'est la vie quand les choses sont bizarres. Mais je ne peux pas. Ça n'a aucun sens parce que c'est un don Juan, et que je ne veux pas rejoindre sa longue liste de femmes conquises. Il va me briser le cœur, je le sais déjà. »

Ces mots restèrent coincés dans mon esprit alors que mon plus gros secret me retenait. J'étais vierge. C'était un poids lourd à porter. Personne ne le savait, et tout le monde serait sans doute choqué.

Toutes ces pensées s'emmêlèrent dans mon esprit alors que je regardais Charlie. On s'était arrêtées près du bar, là où un couloir étroit menait au parking.

— Ça va, Holly? répéta-t-elle.

Cette fois, sa voix semblait plus chargée d'inquiétude. Je ne savais pas ce qu'elle lisait sur mon visage, mais elle avait l'air très inquiète.

J'acquiesçai rapidement.

— Oh oui, ça va, je suis juste un peu fatiguée.

Charlie me regarda un instant de plus, alors que le bruit des discussions dans la pièce restait constant. Après un moment, elle serra mon épaule et continua à avancer, ses cheveux noirs se balançant entre ses épaules alors qu'elle marchait devant moi dans le couloir. Je me demandai ce que Charlie penserait si elle savait que j'étais encore vierge, même si ce n'était pas ce que j'avais prévu pour ma vie. Je ne pensais pas qu'elle se moquerait de moi, parce qu'elle était bien trop gentille pour ça, mais j'étais quasi sûre qu'elle serait très surprise. Je l'étais moi-même.

Charlie était docteure, et je travaillais avec elle de temps en temps à l'hôpital. Nous étions devenues amies par le boulot et nos cercles d'amis s'étaient rejoints quand elle s'était mise avec Jesse Franklin, un pompier qui était ami avec beaucoup de mes amis.

J'adore le caractère simple de Charlie. Elle avait traversé une série d'obstacles dans sa vie : elle s'occupait de sa mère sénile et avait adopté sa nièce quand sa sœur était morte d'un cancer. Elle comprenait bien que la vie était compliquée, mais elle faisait toujours de son mieux.

J'avais toujours trouvé ça plus simple d'être présente pour mes amis, d'être forte et drôle, plutôt que de leur avouer à quel point j'étais perdue, parfois. En me secouant mentalement, je m'arrêtai près des toilettes dans le hall, appelant Charlie qui était à quelques pas devant moi.

— Je passe aux toilettes avant de faire la route. Je te verrai sans doute à l'hôpital dans les prochains jours, hein?

Charlie me regarda et me lança un sourire.

— Bien sûr. Je suis de garde vendredi.

J'entrai dans les toilettes, fermai la porte derrière moi et m'effondrai contre en prenant quelques grandes inspirations. Je fis rapidement pipi. Après m'être lavé les mains, je me jetai un peu d'eau au visage. Mes joues étaient chaudes, j'avais besoin de me refroidir. Bon sang, mon corps entier était chaud, mais c'était l'effet que Nate me faisait toujours.

Je réfléchissais sérieusement à des moyens d'éviter ce rendez-vous stupide avec lui. C'était déjà un assez gros problème de ne pouvoir arrêter de penser à lui. Depuis ce baiser idiot à cette fête, tout ça parce que j'avais bu trop de champagne, je n'avais cessé de penser à lui. Puis cette soirée caritative où il m'avait embrassée. Encore une fois.

Et encore une fois dans l'ascenseur. Bon sang. Je me jetai plus d'eau au visage. Le simple fait de penser à ce qu'il s'était passé dans l'ascenseur et je m'embrasai. Embrasser Nate était une très mauvaise idée pour moi.

Il le faisait beaucoup trop bien. Il était en tête de tous les classements quand il s'agissait de me faire perdre la tête. Même si j'étais vierge, j'avais eu beaucoup d'expérience avec les choses qui mènent à l'acte final, disons.

Après l'accident au lycée, tous les gars de la ville avaient pris leurs distances. Tout le monde supposait que j'avais le cœur brisé et que j'étais détruite. Et je l'étais, mais pas de la façon supposée. Jake et moi nous étions un peu retrouvés à sortir ensemble par accident. Puisque Jake était le meilleur ami de Caleb et Ella était ma meilleure amie, on passait beaucoup de temps ensemble. C'était le lycée, on était jeunes. On était déjà amis depuis des années. Comme je l'avais dit à Ella de nombreuses fois après sa rupture avec Caleb et avant qu'ils ne se remettent ensemble, tout le monde ne trouve pas ce genre d'amour à cet âge-là.

Surtout pas au lycée. La plupart des gens suivent leurs hormones et les signaux confus. Comme nos deux meilleurs amis étaient tombés follement amoureux et passaient tout leur temps ensemble, Jake et moi passions beaucoup de temps ensemble. Donc on s'était mis ensemble. C'était mon ami, et je tenais à lui. J'étais effondrée quand il est mort, mais pas parce que c'était l'amour de ma vie. C'était une peine très confuse pour moi.

La ville entière, ou du moins c'était l'impression que j'avais, avait supposé que notre histoire d'amour avait été interrompue bien trop tôt. Alors que c'était plutôt une amitié qui avait pris fin bien trop brutalement. La mort de Jake était une telle tragédie que les gens en avaient tiré de nombreuses conclusions. Pendant ce temps, j'étais en deuil et, pour couronner le tout, ma meilleure amie avait failli mourir. Et nous ressentions tous les trois une certaine culpabilité d'avoir survécu. Ella avait décidé de fuir loin, et j'étais restée pour affronter ce démon, et je m'en étais sortie. J'allais vraiment bien, mais je n'avais jamais vraiment pris le temps de corriger ce que les gens pensaient de Jake et moi. C'était la vie, et ça me paraissait bien trop bizarre d'aller dire à tout le monde qu'on était surtout amis.

Quand j'avais retrouvé l'envie de m'amuser et de sortir avec de nouvelles personnes, je m'étais retrouvée encore vierge bien plus vieille que mes amies. J'avais 28 ans, et j'étais vierge. C'était un poids et c'était surtout emmerdant. À cette étape de ma vie, j'étais bien consciente que la plupart des hommes seraient surpris d'apprendre que j'étais vierge.

Soit je mentais par omission et je ne le disais à personne, et ce serait peut-être un peu gênant si on allait au bout, soit je leur disais la vérité et ils partaient en courant. Car qui veut s'occuper d'une vierge de 28 ans? Pas moi, ça c'est sûr. Je n'avais même pas envie d'avoir à gérer ça pour moi.

Après un peu plus d'eau froide sur mon visage, je l'essuyai avec une serviette, m'essuyai les mains puis sortis des toilettes. Tout ça pour rentrer de plein fouet dans Nate en traversant le couloir.

Merde, merde, merde.

Il me regarda, ses yeux s'assombrissant au moment où ils trouvèrent les miens.

— Je croyais que tu étais partie, dit-il.

Je baissai les mains pour fermer mon manteau en reculant alors que toute la chaleur que je venais d'évacuer revenait au galop.

— Je pars tout de suite, dis-je rapidement.

Je le dépassai, plongeant mes mains dans les manches de mon manteau et m'accrochant aux boutons comme si ça me permettrait de ne pas m'accrocher à lui.

Nate me rattrapa rapidement. Je sentais sa présence derrière moi alors qu'il tendait la main, l'enroulant sur la poignée de la porte pour l'ouvrir pour moi. Je baissai les yeux pour regarder ses doigts puissants, admirant les petites cicatrices sur ses phalanges. Il avait de bonnes mains, fortes et usées. Un frisson me traversa en me rappelant la sensation de ses doigts en moi.

Je réalisai soudainement qu'il ne portait plus son attelle.

— Où est ton attelle? demandai-je, presque soulagée d'avoir quelque chose à dire qui n'avait rien à voir avec le désir fou qui coulait dans mes veines.

— Ma main ne me fait plus mal. Charlie m'a juste dit de la porter jusqu'à ce que ça aille mieux, donc c'est ce que j'ai fait, répondit-il en haussant les épaules.

— Ah.

— Tu es sûre que tu ne veux pas me faire la morale vite fait? demanda-t-il, en me lançant un petit sourire narquois.

Je levai les yeux au ciel, secouai la tête et me dépêchai de le dépasser tandis que l'air froid de l'hiver apportait un réel soulagement à ma peau.

— Bonne nuit, lançai-je par-dessus mon épaule.

Je sentais presque ses yeux se planter dans mon dos pendant que je traversais rapidement le parking pour monter dans ma voiture.

Sur le chemin du retour, à travers cette nuit d'hiver éclairée par les rayons argentés de la lune qui illuminait les paysages enneigés, je me décidai à appeler Nate le lendemain pour lui dire que je ne pouvais pas continuer comme ça. J'avais trop envie de lui, et je savais que je voulais plus que ce qu'il avait à offrir.

Chapitre Sept

HOLLY

En regardant dans mes placards le lendemain matin, je vis un espace vide sur l'étagère où j'aurais dû pouvoir trouver un sachet de café. Merde. Je me retournai rapidement vers le moulin à café posé innocemment à côté de ma machine à expresso sur le comptoir de la cuisine. Je m'avançai pour en ouvrir le réservoir, en espérant qu'il y reste quelques grains, assez pour faire une tasse. Pas de chance. Il restait moins d'un dé à coudre de café. Vraiment pas assez pour commencer ma journée.

Je soupirai. Adieu matinée tranquille avant de commencer le boulot. J'avais besoin de café, et j'en avais besoin tout de suite. J'avais très mal dormi. J'étais arrivée chez moi tout excitée après avoir passé trop de temps dans la même pièce que Nate. J'avais essayé de calmer mon corps, mais j'avais fini par abandonner et j'avais utilisé mon vibromasseur préféré pour m'occuper de moi. Malheureusement, le seul homme qui avait occupé mon esprit pendant mon orgasme était Nate.

Ma cuisine n'était pas très propre. J'avais espéré utiliser ma matinée pour la ranger. Il y avait une pile de vaisselle dans l'évier, et il fallait que je fasse une lessive. Je vivais seule dans un petit appartement au-dessus d'une compagnie de fournitures de bureau, et les fenêtres donnaient sur la grand-rue dans le centre de Willow Brook. Ma cuisine était mignonne, avec un petit îlot entouré de tabourets, des comptoirs en carrelage bleu lisse, plutôt joli, tout comme au sol, et des placards en bois blanc qui ramenaient un peu de lumière dans la pièce.

La cuisine faisait face au salon, qui avait un petit canapé avec plein de coussins, une télévision montée sur le mur et une fenêtre qui donnait sur le lac Swan au loin. J'avais assez d'argent pour m'acheter une maison et un peu de terrain, mais ça me faisait bizarre. Je voulais m'installer avec quelqu'un et fonder une famille, et je résistais à l'envie d'acheter ma propre maison. J'avais l'impression que c'était capituler et accepter ma vie de femme éternellement célibataire. Je savais que ce n'était pas rationnel, mais c'était la vie. Je respectais énormément les femmes qui choisissent de vivre seule et de rester indépendante, mais je voulais essayer de construire une relation avec quelqu'un.

Avec un soupir, je parcourus le plancher de mon salon, passant ma main dans mes cheveux emmêlés et entrant dans ma petite chambre. C'était vraiment un appartement fait pour une seule personne : la cuisine et le salon étaient dans la même pièce, et il n'y avait qu'une seule salle de bains rattachée à une grande chambre.

J'avais besoin de café plus que je n'avais besoin de passer la matinée seule. Après une douche rapide, je mis quelques assiettes dans le lave-vaisselle, je lançai une machine et la mise en départ différée avant de me diriger vers le Firehouse Café.

Ce qui était pratique, c'était que le café était juste au bout de la rue. J'avais enfilé plusieurs couches, donc l'air glacial du matin ne me dérangeait pas trop. Le vent n'était pas aussi efficace que le café, mais ça me réveillait quand même.

Willow Brook était une très jolie petite ville en hiver, alors que le lac Swan était gelé, et que des rayures de skis et de patins à glace traversaient sa surface. Les montagnes se tenaient au loin, hautes, puissantes et dont les sommets couverts de neige brillaient à l'horizon. Dans certaines parties de la ville un peu plus en altitude, on pouvait voir l'océan. Il était à environ une demi-heure de route au sud. Anchorage était quant à elle à environ une heure à l'est et la nature s'étendait bien loin derrière Willow Brook, ce qui donnait l'impression que cette ville était un monde isolé en hiver. Ça l'était, en soi.

En été, le monde entier venait à Willow Brook, les randonneurs, motards, chasseurs... tous à la recherche d'une tranche d'Alaska et de sa beauté. Les devantures de magasin sur la rue principale de Willow Brook étaient un mélange de restaurants et de magasins, surtout pour des équipements de sport et de randonnée et des magasins d'art, avec quelques cafés. Le Firehouse Café se tenait à une intersection de la grand-rue. Il tirait son nom du fait que c'était la caserne originale de la ville. Il y a de nombreuses années, la petite ville avait fait construire une nouvelle caserne, plus grande et fonctionnelle pour servir de hub pour toute la région. La vieille caserne était un bâtiment carré sur deux étages, tout en briques.

L'extérieur du café avait repris un peu vie avec des

peintures murales sur l'un des coins et des accents roses et violets éclatants sur tous les cadres de fenêtres. En passant la porte violette, on entrait dans l'ancien garage qui avait été transformé en coin assis qui donnait sur la cuisine ouverte et le comptoir à emporter sur le côté, alors que la partie boulangerie se tenait derrière une porte battante.

La famille de Janet James était arrivée en Alaska quand le gouvernement attribuait encore des terres gratuitement à ceux qui les revendiquaient dans les zones non habitées du pays. Elle et son mari avaient ouvert le Firehouse Café et quelques autres entreprises il y a longtemps. Son mari était mort dans un accident de voiture sur une autoroute gelée au nord. Janet avait été très forte et elle gérait encore le Firehouse aujourd'hui. C'était une pilier de Willow Brook et je n'arrivais pas à imaginer cette ville sans elle.

La chaleur s'empara de moi quand je passai la porte, ainsi que le son des discussions et l'odeur du café chaud et du pain frais. Le lieu était ouvert et accueillant avec un plafond haut et les anciennes barres de descente encore au centre de la pièce. Le sol en béton avait été taché en bleu. Le café était égayé par des peintures d'épilobes, l'une des fleurs les plus belles d'Alaska. Elles décoraient les barres et les murs tandis que des tableaux habillaient les quatre coins de la pièce, ne faisant qu'enrichir les couleurs généreuses des cadres de fenêtres et des rideaux. De petites tables carrées occupaient tout l'espace.

Je me dirigeai directement vers la queue qui menait au comptoir. Un tableau noir avec le menu habituel et les plats du jour était suspendu au-dessus. Alors que j'hésitais entre le café filtre et l'un des cafés double chocolat de Janet, j'entendis mon nom. Je regardai par-dessus mon épaule et souris quand je vis mon frère jumeau, Alex. Nous avions les mêmes cheveux blonds et les mêmes yeux marron, mais notre ressemblance s'arrêtait là. Il y avait la différence évidente du fait qu'Alex était un homme et moi non. Il faisait bien 15 centimètres de plus que moi et était plutôt fin. Il avait gagné le gros lot des jumeaux et il pouvait manger tout ce qu'il voulait et rester fin.

Alors qu'il me suffisait de penser à un café chocolaté pour prendre un demi-kilo. J'avais appris à accepter mes courbes et je me battais pour me souvenir que les femmes ne sont pas obligées de répondre aux standards de la société. Mais quand il s'agissait de courbes, j'en avais plus que mon lot.

— Salut Holl, dit Alex en me donnant un petit coup de coude quand il arriva à mon niveau.

Comme toujours, il avait l'air d'être tout juste sorti du lit avant d'arriver ici. Ses cheveux étaient ébouriffés, et il portait une veste polaire ouverte sur un t-shirt gris. Un vieux jean achevait le look, alors que ses bottes en cuir faisaient sans doute partie d'une compétition pour les chaussures les plus usées au monde.

— Qu'est-ce qui t'amène ici ce matin?

— Le café, quoi d'autre? répondit-il avec un petit rire. Tu vas déjà à l'hôpital?

— Dans pas longtemps. J'espérais me faire une matinée à la maison, mais je n'avais plus de café.

— Je t'invite ce matin, dit-il alors qu'on arrivait audevant de la queue. Il me semble que je t'en dois un.

Janet nous sourit chaleureusement. Comme d'habitude, ses cheveux noirs parsemés de gris étaient noués en une tresse qu'elle repoussa derrière son épaule, et ses yeux marron brillaient quand elle souriait. Janet était le genre de personne qui vous faisait vous sentir mieux rien qu'en existant. Elle dégageait une chaleur maternelle avec ses rondeurs et son grand sourire.

— Bonjour vous deux. Je ne vous vois pas assez ensemble. J'oublie à quel point vous vous ressemblez.

Alex rit.

— On est jumeaux après tout.

Janet leva les yeux au ciel.

— Comme s'il fallait me le rappeler. Qu'est-ce que je vous sers?

— Je vais prendre le double chocolat, répondit Alex en me regardant.

— Je vais prendre un allongé avec un nuage de lait.

— Ça vient tout de suite, dit Janet alors qu'elle se retournait pour commencer à préparer nos cafés.

Daniel, qui travaillait ici, s'arrêta à côté d'elle, la prévenant d'un problème avec l'un des fours à pain à l'arrière. Elle réussit à faire nos cafés et à nous encaisser tout en lui expliquant comment réparer le problème.

Je m'avançai dans la salle avec Alex.

— Tu veux qu'on s'asseye un peu? demanda-t-il.

— Bien sûr. Je reste là, de toute façon. J'ai une heure à tuer. Merde, il me faut à manger.

Alex sourit.

— Je vais nous trouver une table, va chercher à manger.

Alors que je me dirigeais vers le bout de la file d'attente encore une fois, Janet me lança :

— Bagel?

— Oui, s'il te plaît. Avec du fromage à tartiner au saumon, ajoutai-je.

Mes hanches le supporteraient ou, du moins, c'était ce que je me dis en me dirigeant vers ma table.

— Tu me paieras plus tard, dit Janet. Daniel t'apportera ça quand ce sera prêt.

— Super, merci! répondis-je en lui soufflant un bisou.

En zigzagant entre les tables, je m'installai sur la chaise en face d'Alex, près des fenêtres. Alors que j'étais sur le point de dire quelque chose, j'entendis le nom d'Alex appelé dans une voix reconnaissable que je n'arrivais pas à me sortir de la tête. Plus précisément, je n'arrivais pas à me sortir le ton murmuré et brut de Nate que j'avais découvert dans l'ascenseur. « J'ai besoin de te toucher. »

Tout n'avait fait qu'empirer quand il s'agissait de la réaction de mon corps à la présence de Nate. Maintenant, il semblait qu'il lui suffisait d'ouvrir la bouche pour que mon pouls parte en folie et que mon centre s'embrase, irradiant de la chaleur dans mes veines.

— Salut mec, lança Alex.

Je passai un temps démesuré à ajuster le couvercle de ma tasse de café avant de prendre une gorgée. Je l'ouvris même pour ajouter un peu plus de lait. Nate arriva à notre table, posant sa main sur une chaise et s'installant entre nous deux. Son genou se cogna au mien, m'envoyant un petit coup de jus alors que ma peau picotait au niveau du point de contact.

C'était plus que ridicule. Je forçai mes joues à ne pas se réchauffer alors que je levais les yeux en essayant de garder une expression neutre.

— Salut Nate.

Il croisa mon regard, un sourire malin au coin des lèvres.

— Salut Holly.

Voilà pourquoi cette histoire avec Nate était trop compliquée pour moi. Il était beaucoup trop taquin, ça l'amuserait même de faire ça là, devant mon frère, et Alex ne se rendrait sans doute compte de rien. Parce que Nate flirtait avec tout le monde, de toute façon. Ce n'était pas spécifique à moi, une chose qu'il fallait que je retienne. J'espérais plus que tout qu'Alex ne remarque pas à quel point j'étais troublée.

Daniel arriva avec mon bagel.

— Est-ce qu'il vous faut autre chose? demanda-t-il en posant la petite assiette devant moi.

Nate leva les yeux.

— Est-ce que je peux te commander un café? demanda Nate. Je paierai en sortant.

— Bien sûr. Qu'est-ce que tu veux?

— Je vais prendre le double chocolat.

Avec un hochement de tête, Daniel se retourna et je pris une bouchée de mon bagel. Si j'avais la bouche pleine, je n'étais pas obligée de parler. Alex et Nate se lancèrent dans leurs blagues habituelles. Alex était un mécanicien spécialisé dans la mécanique aérienne. De fait, lui et Nate se croisaient souvent dans leurs boulots. Sans parler du fait qu'ils étaient meilleurs amis et traînaient souvent ensemble.

Je me goinfrais presque pour éviter de parler quand Alex fit la remarque :

— Bon sang, Holly. T'avais la dalle on dirait?

Je finis de mâcher et déglutis, en prenant une gorgée de mon café avant de le regarder.

— Oui, en fait.

Alex sourit. Daniel semblait parfaitement à l'écoute de mon besoin d'interruption et arriva avec le café de Nate pile à ce moment-là.

Alors qu'il repartait, Alex se leva.

— Il faut que je décolle. Je n'avais que quelques minutes. Je vous verrai tous les deux plus tard, ça marche?

Je levai la main pour lui faire coucou, me retenant de prendre une autre bouchée, pour ne pas manger trop vite.

— À plus. Merci pour le café.

Nate prit une longue gorgée de café et lui fit un petit salut en réponse. Il passa sur la chaise en face de moi une fois qu'Alex eut disparu. Ses yeux couleur chocolat se posèrent sur moi.

Super, vraiment génial. Exactement ce dont j'avais besoin. Que Nate me regarde comme ça.

Il fallait que je lui dise que j'avais besoin qu'on arrête ce petit jeu. Il n'y aurait pas de dîner, et il n'y aurait absolument plus aucun baiser, ou quoi que ce soit du genre de ce qu'il s'est passé dans l'ascenseur. Je me disais que ce lieu était parfait. Nous n'étions pas seuls, donc je pouvais m'enfuir au besoin.

Je pris une gorgée de café et le regardai. Après une profonde inspiration, je dis :

— Écoute, je ne peux pas dîner avec toi. Je ne sais pas trop pourquoi tu as dépensé tout cet argent, mais, si c'est vraiment un problème, je te promets de te rembourser. Je sais que tu crois que c'est amusant et, pour une raison absurde, on ne fait que s'embrasser, mais je ne peux pas faire ça avec toi.

Le regard intense de Nate ne se détacha à aucun moment du mien, il plissait les yeux à chaque nouveau mot. Mon cœur battait la chamade et mes nerfs étaient à bout.

— Pourquoi?

Bien sûr. Il allait forcément demander pourquoi. Je n'avais pas pensé à ces arguments-là.

Je continuai.

— Écoute, on est amis depuis toujours. Tu es le meilleur ami d'Alex. Quoi qu'il arrive, ça va être gênant. Tu ne cherches rien de sérieux, et c'est comme ça depuis toujours. Je ne peux pas...

Je m'arrêtai, sans trop savoir ce que je voulais dire. Après une gorgée de café pour me donner de la force, je continuai.

— Je ne peux pas être juste l'une de tes conquêtes. Ce n'est vraiment pas mon genre. Je ne veux pas que ça devienne bizarre entre nous. Je suis trop vieille pour ça, et j'aimerais bien avoir une chance de trouver quelqu'un avec qui je peux construire quelque chose.

Nate resta silencieux et immobile, il prit une gorgée de son café avant de le poser sur la table. Il me regarda pendant de longues secondes, ce qui me mit mal à l'aise. Je détournai le regard, prenant une autre bouchée de mon bagel et mâchant pour éliminer la frustration.

Je détestais cette situation. Pourquoi, oh pourquoi fallait-il que j'aie le béguin pour le meilleur ami de mon frère? Tellement pas pratique.

Quand je regardai Nate à nouveau, il était toujours aussi silencieux, et je ne savais pas comment interpréter son expression. Après un autre instant, il s'éclaircit la gorge et prit une gorgée de café. Son regard se planta dans le mien et il leva un peu le menton.

— Pourquoi est-ce que tu es si sérieuse d'un coup?

— Oh mon Dieu. C'est ça que je ne veux pas avoir à expliquer. Tu es Monsieur Jamais Sérieux. Je ne serai qu'un autre coup d'un soir pour toi. Je n'ai pas envie de ça. Je ne suis pas assez bête pour prétendre qu'il n'y a rien entre nous. Mais toi et moi ne voulons pas la même chose. Si l'argent est un problème, je trouverai une façon de te rembourser.

Il plissa les yeux en s'appuyant sur la table.

— Ce n'est pas à propos de l'argent. J'imagine que je te croyais plus courageuse que ça.

Oh putain, il m'énervait tellement.

— Je ne suis pas une lâche! Je ne veux juste pas compliquer les choses quand ça n'a pas besoin de l'être. Tu m'as évitée comme la peste après ce baiser débile l'année dernière. Puis tu débarques à une soirée caritative et achètes un dîner. C'est quoi le problème? Non merci. Je n'ai pas besoin de ce genre de complications. En plus, tu es bien la dernière personne avec qui j'aurais envie de faire ma première fois, répondis-je.

Chapitre Huit

HOLLY

Oh bon Dieu. Je venais de dire à Nate que j'étais vierge.

Au moment où cette dernière phrase était sortie de ma bouche, sans que je lui en donne la permission d'ailleurs, j'eus envie de la rattraper et de partir en courant.

Nate restait littéralement bouche bée. Alors que mes joues étaient en feu, j'explosai presque de rire. Pendant une seconde, je dominais la conversation. J'avais réussi à le prendre complètement au dépourvu. Sauf que, maintenant, il connaissait mon plus grand secret.

Après un instant, il secoua la tête.

— Quoi?

Il avait l'air réellement confus.

J'allais devoir me dépatouiller de cette situation. Et zut. Il me saoulait vraiment parfois, et j'aurais bien aimé ne pas avoir envie de lui de cette façon, mais je savais qu'il n'irait pas le répéter à tout le monde. Je pris une grande gorgée de café, savourant l'amertume et regrettant ne pas avoir un peu de ce chocolat noir dans mon café pour me donner du courage.

Je haussai les épaules, visant la nonchalance.

— Tu m'as entendue. Ce n'est pas l'histoire du siècle. C'est juste...

Je m'arrêtai pour prendre une grande inspiration puis soupirai.

— C'était un peu un accident.

— Un accident? contra Nate en secouant toujours la tête d'une expression presque assommée.

Et puis merde. J'avais lâché un détail majeur, et alors. J'allais simplement lui dire la vérité telle qu'elle était, ce qui mettrait sans doute une fin rapide à ce qu'il pensait sur nous.

— Ouais, en gros. Je veux dire, ce n'est pas comme si j'attendais le mariage ou quoi que ce soit. Bref, je préférerais que tu ne répètes ça à personne.

Nate me fixait encore du regard, les yeux écarquillés. Après une autre minute, il prit une énorme gorgée de café, finissant ce qu'il restait dans son mug avant de le poser. J'aurais voulu pouvoir grimper dans son cerveau pour voir ce à quoi il pensait. Je le connaissais depuis toujours, donc je voyais bien que tout allait très vite dans sa tête à l'instant.

Janet arriva comme un don de Dieu à la table, me faisant un clin d'œil et regardant Nate.

— Je t'offre le café aujourd'hui, dit-elle avec un sourire.

Il lui fallut une minute pour se reprendre et se concentrer sur elle, arrachant son regard du mien et la regardant.

— Tu es sûre? demanda-t-il en lui rendant son sourire.

Janet acquiesça et ouvrit la bouche, prête à dire autre chose, quand quelqu'un l'appela. Elle lui fit une tape sur l'épaule et se retourna. Je saisis l'occasion pour m'enfuir.

— Eh bien, commençai-je en rangeant ce qui restait de mon bagel dans le petit sac en papier. Il faut que j'aille au boulot. Salut.

Je me dépêchai de partir, sans même attendre qu'il me réponde. Ces dernières minutes avaient été les plus gênantes de ma vie. Je courus presque jusqu'à ma voiture au bout de la rue, derrière mon immeuble.

Tout cela devrait en tout cas mettre fin au désastre vers lequel nous nous dirigions. Je suis quasiment certaine que Nate ne veut pas être responsable de la virginité de qui que ce soit, encore moins la mienne.

Non pas qu'un homme était responsable de la virginité de qui que ce soit. Les femmes sont responsables de leurs propres corps et choix, mais ça ne changeait pas vraiment l'image qu'on se faisait de la virginité. Et pour Nate, dont le second prénom devrait être Volage, j'étais vraiment sûre que ce n'était pas quelque chose qui l'intéressait.

Une partie de moi était déçue. J'étais tellement agacée par les circonstances de ma vie qui m'avaient mise dans cette situation. Je me souvenais en parler à Ella quand elle avait enfin redéménagé à Willow Brook. Il y avait des choses que j'avais affrontées très directement après l'accident, alors qu'elle avait fui. Ce que je n'avais pas anticipé était le fait que tous les gars de la ville m'éviteraient comme la peste parce qu'ils supposaient que j'étais détruite et que j'avais le cœur brisé après avoir perdu mon amour de jeunesse. Je l'étais, mais Jake était un bon ami avec qui j'avais essayé de créer plus. Je veux dire, on n'avait jamais couché ensemble!

Rah. C'était le cœur de l'histoire. Cette situation m'énervait au plus haut point. Pourquoi, pourquoi,

pourquoi fallait-il que je trouve Nate aussi attirant? De tous les hommes au monde.

Je n'étais pas assez bête pour penser que simplement parce qu'il y avait une alchimie folle entre nous, qui prenait feu dès qu'on se voyait, que cela voulait dire que ça pourrait se transformer en quelque chose de sérieux. Je n'allais aussi pas me laisser convaincre d'embarquer dans une aventure sans lendemain quand je savais que ce n'était pas ce que je voulais. C'était juste trop compliqué.

Une fois arrivée au travail, j'étais très reconnaissante de trouver de nombreuses distractions. Les urgences de Willow Brook étaient toujours plus calmes en hiver, mais il y avait quand même des choses à faire. En tant qu'infirmière en chef des urgences, quand le service était occupé, je sautais d'une urgence à une autre. Et quand ce n'était pas la folie, je faisais tout ce qui pouvait être fait en attendant.

Aujourd'hui, ça voulait dire une visite dans l'unité de soins de longue durée. Comme Willow Brook était un hôpital rural mais proche d'Anchorage, on avait une petite collection de patients qui avaient besoin d'assistance sur le long terme. C'était un service de soins palliatifs et un hospice en soi.

Et même si certaines personnes pensent que c'est déprimant et, d'une certaine manière, c'est triste, j'aimais souvent passer quelques heures dans cette unité. Tout d'abord, les patients étaient souvent drôles comme tout et bien plus philosophes que la plupart. Ils donnaient des conseils de vie gratuitement et sans prévenir.

Quand j'entrai dans la chambre de Joanna, elle me jeta un coup d'œil depuis son lit en entendant la porte se refermer derrière moi et un grand sourire s'étala sur son visage. Joanna avait un peu plus de 90 ans et ses enfants avaient quitté l'État, mais venaient souvent lui rendre visite. Joanna souffrait de rhumatismes liés à de l'arthrose depuis des années et avait beaucoup de difficulté à bouger.

— Oh chouette, c'est toi ce matin, dit-elle.

Sa petite voix fluette portait son attitude joyeuse. Elle avait été un peu déprimée ces derniers temps et on s'inquiétait tous qu'elle soit proche de la fin. L'assistante sociale de l'hôpital avait appelé ses enfants l'autre jour pour les prévenir. Je n'étais pas certaine du fait que Joanna soit au courant de la venue de ses enfants ce weekend.

— Salut Joanna, dis-je en m'approchant de son lit. Comment vous vous sentez ce matin?

— Aussi bien que possible quand on porte une couche pour adulte, dit-elle avec un sourire amusé, ce qui la fit immédiatement tousser.

— Je vais vous trouver quelque chose à boire.

Je me tournai vers le plateau à côté de son lit, lui servis son jus de pomme préféré et attendis un instant que sa toux se calme. Elle appuya sur la télécommande de son lit pour le redresser légèrement. Après une inspiration faible, elle prit le petit gobelet en papier de mes mains et prit plusieurs gorgées.

— Voilà, c'est mieux. Je suis contente que ce soit toi ce matin. Je n'ai pas très bien dormi. Tu ne vas pas essayer de me convaincre de prendre ces cachets pour la toux qui m'assomment. J'en ai marre de dormir tout le temps. Je me dis que, si je suis sur le point de mourir, je préfère au moins être éveillée pendant que je suis encore en vie, dit-elle avec un sourire malin alors que la porte s'ouvrait et que Chris Grant entrait dans la pièce.

Chris était l'une des raisons pour lesquelles j'aimais bien travailler dans ce service de temps en temps.

C'était un autre infirmier de l'hôpital, et un bon ami, et il était très drôle.

— Oh, eh bien bonjour! J'ai la joie de ta compagnie pendant ma garde de ce matin? demanda-t-il avec un clin d'œil vers moi.

— Tu as bien de la chance, rétorqua Joanna depuis son lit, avant de prendre une autre gorgée de jus de pomme.

Chris sourit, serrant son pied à travers la couverture alors qu'il s'arrêtait pour soulever la tablette accrochée à l'extrémité du lit.

— Tu as vérifié ses constantes ou pas encore? demanda-t-il.

— Pas encore, je viens d'arriver.

— Et j'ai eu une quinte de toux pour l'accueillir, ajouta Joanna avec un rire qui provoqua une autre petite toux.

Chris fit le tour du lit pour se tenir à côté de moi et on regarda tous les deux l'écran de la tablette. Les constantes de Joanna étaient ce qu'elles étaient depuis plusieurs jours maintenant. Elle refusait presque tous les médicaments, et elle en avait le droit. Puisqu'elle avait presque 94 ans, je me disais qu'à cet âge-là, il faut choisir sa propre fin. Joanna gérait les complications d'une obstruction chronique des poumons. Elle n'avait jamais fumé mais son mari, dont elle était maintenant veuve, si.

— Je vous demanderais bien si vous voulez quelque chose pour la toux, mais je pense que je connais la réponse, commenta Chris quand elle toussa à nouveau.

Je lui pris le gobelet en papier et le remplis à nouveau de jus. Après quelques respirations tremblantes, elle acquiesça.

— Bien sûr que tu connais la réponse. Je n'aime pas être dans les vapes.

— Vous voulez un petit déjeuner ce matin? demandai-je.

— Je veux bien, dit-elle avec un clin d'œil.

— Ça marche. Bon, je suis là juste ce matin, mais vous savez comment m'appeler si vous avez besoin de moi, dis-je en ajustant les oreillers sous sa tête.

Chris inscrit quelques choses sur la tablette puis changea sa perf alors que je quittais la pièce.

Chapitre Neuf

HOLLY

Après avoir quitté la chambre de Joanna, j'allai voir quelques autres patients avant de retourner au bureau des infirmiers de cet étage. L'équipe était réduite ce matin, j'étais la seule responsable et il n'y avait que quelques autres infirmiers dans le service. Dans une heure ou deux, d'autres membres d'équipe commenceraient à arriver.

Chris fit le tour du bureau pour venir s'appuyer contre le comptoir.

— Quoi de neuf? demanda-t-il en croisant les bras et en me regardant.

Je cliquai sur la souris de l'ordinateur pour accéder au système où nous gardions tous les dossiers de nos patients, puis j'appuyai sur quelques touches et commençai à taper mes notes des visites de la matinée. Je lui jetai un œil et haussai les épaules.

— Pas grand-chose. C'est une matinée plutôt calme, et ça me va. Comment tu vas, toi?

Chris me lança un sourire.

— Plutôt bien. Aaron et moi avons enfin choisi

une date pour le mariage, dit-il en parlant de son petit copain.

— Oh, c'est super! Donc, c'est quand et est-ce que je suis invitée?

Chris et Aaron étaient ensemble depuis la fac, ce qui faisait plus de dix ans. Il avait sauté de joie quand le mariage pour tous était passé en Alaska. Ils s'étaient rapidement fiancés mais ça faisait maintenant plus d'un an. Récemment, Chris se plaignait du fait qu'ils n'avaient toujours pas décidé d'une date fixe.

— Bien sûr que tu es invitée! Le mariage sera l'été prochain. On fera peut-être ça à Diamond Creek. C'est l'un de nos endroits préférés pour les weekends, surtout en été. Je veux dire, tu sais qu'Aaron est du genre homme de la nature, Monsieur pêcheur-chasseur. Il adore ce genre de choses.

— Et tu adores ça chez lui, dis-je avec un rire.

En me calmant, je tendis le bras pour lui prendre la main dans un geste affectueux.

— Je suis vraiment heureuse pour toi.

— Je sais. En parlant d'amour, comment va ta vie? demanda-t-il très directement.

Chris me tannait depuis des semaines pour que je m'active à chercher une relation sérieuse. Comme le reste de mes amis, il ignorait parfaitement que j'étais vierge. Je ne pouvais pas m'empêcher de me demander si c'était ce qui rendait tout difficile pour moi.

Je le regardai un instant, décidant qu'il était peut-être la meilleure personne à qui demander des conseils. Nous étions proches, mais il était un peu en dehors de mon groupe d'amis d'enfance. Il était arrivé à Willow Brook après avoir terminé son école d'infirmier et avait trouvé un poste de superviseur dans l'équipe des non-urgences. Il était sans doute ami avec beaucoup de mes amis. Mais, aussi curieux qu'il soit, il m'offrait un peu moins de jugement sur mes choix de vie.

Je me préparai à lui dire la vérité pure et dure en prenant une grande inspiration.

— Je suis vierge, et je crois que ça me prend la tête. Et, je ne suis toujours pas sortie avec Nate.

À part mon amie Megan à Anchorage, Chris était la seule personne à qui j'avais raconté la soirée caritative catastrophique de l'automne dernier à laquelle je pensais m'amuser. À mon annonce, il écarquilla les yeux et ouvrit la bouche. Il se reprit et se redressa.

— Eh bah, bon sang. C'est pas facile de me prendre au dépourvu.

Je me dépêchai de clarifier les choses.

— Avant que tu tires des conclusions, c'est accidentel. C'est pas parce que j'attends. C'est juste que pendant que tous mes amis faisaient leurs premières fois, Jake est mort dans un accident de voiture et ça a chamboulé ma vie. Il y a eu cette conséquence bizarre où tout le monde pensait que j'étais effondrée parce que l'amour de ma vie venait de mourir. Mais on n'avait jamais été comme ça, Jake et moi. C'était pas comme Ella et Caleb, expliquai-je.

Chris connaissait très bien leur histoire d'amour glorieuse de seconde chance et la trouvait incroyable.

— Honnêtement, s'il n'était pas mort, on aurait sûrement rompu et on serait restés amis, et ça n'aurait pas été un problème. Bref, tous les gars de la ville m'ignoraient après l'accident. C'était trop bizarre.

Je secouai la tête et gémis, enfouissant mon visage dans mes mains.

Quand je levai les yeux, Chris se pencha vers moi et me fit un petit câlin.

— C'est logique. Ce genre de truc détruit des vies sociales et des vies sexuelles.

— Ouais, marmonnai-je. Depuis ça, ce n'est pas comme si je n'avais pas fait plein de trucs avec des gens. Mais je ne suis jamais allée au bout du truc, c'est jamais arrivé. Je ne pense pas que je sois techniquement vierge, d'ailleurs.

Chris explosa de rire et secoua la tête doucement.

— Je crois que, techniquement, tu es vierge.

— Je ne pense pas. J'ai des vibromasseurs, proposai-je.

Quand il arrêta enfin de rire, des larmes lui coulaient sur les joues. J'étais tellement soulagée que l'hôpital soit si calme ce matin, car nous n'avions pas été interrompus, et j'avais l'impression qu'on avait encore du temps. Personne d'autre n'était censé commencer de garde à cet étage avant encore une demi-heure. À moins qu'on soit appelés, on avait le temps.

— Super, je suis content que tu aies des vibromasseurs. Je ne suis pas une femme, mais je ne pense quand même pas que ça compte, dit-il enfin.

Je soupirai, me levai et me dirigeai vers l'arrière du bureau des infirmiers où se tenait une petite machine à expresso.

— Café? lui lançai-je par-dessus mon épaule. J'en ai besoin pour survivre au reste de cette conversation.

— Ouais, je prends le truc au chocolat.

Je lançai son café, appuyant mes hanches contre le comptoir pendant qu'on attendait.

— J'imagine que c'est ma façon longue d'expliquer où j'en suis.

Le regard de Chris se calma et il s'installa sur la chaise que je venais de libérer, posant ses pieds sur le comptoir et se tournant pour me regarder.

— Je ne pense pas que ça devrait changer quoi que ce soit. Si c'est le bon gars, eh bien, il devrait être content. C'est un truc qu'ils kiffent les hétéros, non? Être le premier d'une nana?

Je ris grassement en jetant un œil à son café, me tournant pour lui tendre la tasse et un petit pot de lait, posé dans un bol à côté de la machine.

— Je ne sais pas. Je ne suis pas un gars. Tu devrais savoir mieux que moi.

— Ouais, c'est tout un truc pour eux. Mais je vais répéter ce que je viens de dire. Je ne pense pas que ça devrait changer quoi que ce soit. Peut-être que tu devrais juste t'en débarrasser pour arrêter de t'inquiéter, répondit-il en prenant la tasse de café.

— Avec qui? contrai-je en levant les mains avant de me retourner pour me lancer une tasse de café noir.

J'appuyai sur le bouton pour lancer la machine et écoutai la vibration en regardant Chris.

Il haussa les épaules.

— Eh bien, si tu penses que c'est quelque chose qui t'arrête, tu devrais t'en débarrasser. Ce n'est pas comme si tu attendais de trouver quelqu'un de parfait. En revanche, tu me dis que tu n'as toujours pas honoré ton rendez-vous galant le plus cher du monde avec Nate? J'ai l'impression que ce gars t'a fait un sacré cadeau.

Le lendemain, j'étais retournée parler à Ethan et Megan. Ils m'avaient confirmé que toutes les autres enchères venaient d'hommes avec qui je n'aurais pas eu envie d'aller dîner. Megan m'avait dit d'arrêter de me prendre autant la tête et d'aller dîner avec Nate et de m'amuser. Elle n'avait aucune idée du fait que nous nous étions embrassés comme des fous dans les vestiaires.

— Je sais, marmonnai-je. Écoute, j'ai vraiment besoin de conseils. Parce que je ne sais pas à qui d'autre parler de ça. Tous ceux à qui je pourrais parler sont aussi amis avec lui.

— Et moi non? contra Chris, un peu choqué.

— Si, mais tu vas sûrement moins me juger.

— D'accord, c'est quoi ta question?

— J'ai possiblement omis quelques détails sur moi et Nate. On a failli coucher ensemble deux fois maintenant.

Chris se pencha vers l'avant sur sa chaise, claquant sa main sur le comptoir.

— Oh mon Dieu. Qu'est-ce que tu me dis là? Tu me caches vraiment des choses!

Mon visage était en feu et je me retournai en entendant la machine à café cesser sa chanson. En essayant de rassembler mes esprits, je versai un nuage de lait dans ma tasse et pris une gorgée avant de faire face à ce qui m'attendait.

— Je ne sais pas quoi faire, dis-je avec un soupir, appuyant mes hanches sur le comptoir.

— D'accord, je vais mettre de côté le fait que je suis vraiment vexé que tu ne m'en aies pas parlé plus tôt. Qu'est-ce que tu as envie de faire?

Je pris une gorgée de café et haussai les épaules.

— Je sais pas.

— Eh bah, on dirait que t'as envie de te faire Nate, contra-t-il avec un sourire amusé.

Je gloussai alors que mes joues rougissaient encore.

— Ouais, mais tu connais Nate. Il est trop volage, c'est un don Juan. La dernière chose que je veux, c'est de me retrouver sur sa liste.

Chris me regarda en penchant la tête sur le côté.

— Je crois que Nate t'aime bien. Et qu'est-ce qu'on s'en fiche de ce qu'il fait d'habitude? Peut-être qu'il est le candidat parfait pour te débarrasser de ta petite fleur. Tu n'es même pas obligée de lui dire que tu es vierge. « Techniquement »...

Il s'arrêta un instant pour insister sur le mot techniquement, ce que j'appréciai.

— ... tu n'es pas vierge. Même si je suis sûr qu'il est bien monté et que, du coup, ça se verra.

J'explosai de rire, me disant qu'il était effectivement sans doute gâté dans ce domaine. Même si je ne l'avais jamais vu de mes propres yeux, j'avais une idée assez claire des attributs de Nate.

— Tu as peut-être raison. Mais j'ai déjà raté mon coup en lui disant.

— Tu lui as dit? demanda Chris en écarquillant les yeux.

— Oui, murmurai-je. C'est sorti tout seul parce que j'étais en colère contre lui. En tout cas, ça l'a fait taire.

Chris jeta sa tête en arrière avec un rire.

— Oh mon Dieu! J'aurais adoré être là pour ça. Écoute, je ne sais pas quoi te dire, mais tu ne peux pas savoir à l'avance si ça va marcher avec quelqu'un, ou si c'est la bonne personne. Tu ne peux pas savoir. On dirait que toi et Nate avez quelque chose à évacuer, à vous sortir de la tête, donc pourquoi ne pas t'occuper de ça? Même si ça reste une aventure légère, ce n'est pas un connard, et il ne sort pas vraiment avec des nanas de la ville. Il fait ses réserves en été et hiberne en hiver. Un peu comme un ours.

Je manquai de cracher mon café en entendant cette remarque. Nate ne ressemblait en rien à un ours, mais l'imaginer de cette façon était bien trop drôle. À ce moment-là, mon bipeur s'alluma, m'appelant aux urgences. Je me redressai, me dépêchant de partir quand je sentis la main de Chris sur mon épaule.

— Quoi? demandai-je en me tournant vers lui alors qu'il se levait de sa chaise.

— N'arrête jamais d'être géniale. C'est l'une des choses que je préfère chez toi. Tu es magique. Arrête de t'inquiéter pour ta virginité et arrête de faire des plans sur la comète. Tu réfléchis trop et c'est ça qui te met des bâtons dans les roues.

Sur ces mots, il me fit un petit câlin puis me fit signe de me dépêcher.

Chapitre Dix

NATE

Je m'appuyai contre le dossier de ma chaise au Wildlands, examinant cette pièce pleine de gens. Je n'étais pas là avec mes amis ce soir. J'étais passé ici après un vol plutôt secoué vers un village autochtone alaskien pour lequel je faisais des livraisons régulières de courrier et de nourriture. Une tempête avait débarqué de nulle part sur le chemin du retour.

En prenant une gorgée de ma bière, je tentai de m'intéresser à une femme assise au bar. Elle avait de longs cheveux noirs, était grande et fine. Objectivement, elle était très jolie, et elle n'était pas du coin. Je ne l'avais jamais vue auparavant et j'avais entendu Mike, le barman, dire qu'elle était juste de passage pour une livraison d'équipement médical à l'hôpital.

Quel que soit le temps que je passai à la regarder, ça ne me fit rien. L'idée même d'essayer de flirter avec elle me dégoûtait un peu. Ça n'avait rien à voir avec elle, et tout à voir avec Holly. Ça faisait trois jours complets que Holly m'avait annoncé sa petite nouvelle choc de virginité, et je n'arrivais pas à penser à autre chose. Je m'étais convaincu que, peut-être, rien de plus que peut-être, j'avais envie de quelque chose de sérieux avec Holly. C'était LA femme, celle que je n'arrivais jamais à me sortir de la tête. Je pensais enfin avoir ma chance puis elle avait lâché cette info.

Qu'est-ce qui lui avait pris?

Ça ne changeait en aucun cas le désir que je ressentais pour elle. Mais tout paraissait chargé maintenant, lourd de symboles et d'une profondeur qui me forçait à ralentir.

Je me levai de ma chaise, traversant les groupes de gens pour aller jusqu'au bar. Je me disais qu'il fallait peut-être que je m'approche plus de cette femme pour rappeler à mon corps que je pouvais désirer quelqu'un d'autre que Holly. En arrivant au niveau de cette femme, je posai mon coude sur le bar et posai ma bouteille de bière à moitié vide.

La femme me regarda. Elle avait de très beaux yeux bleus. Et même si mon regard descendit par réflexe vers ses seins généreux, mon corps n'eut aucune réaction.

Pire encore, mon cerveau me sortit immédiatement une image de Holly, de ses cheveux blonds enroulés dans ce chignon habituel ou en queue de cheval, ses grands yeux marron, et ses courbes denses. Maintenant que j'avais cette vision, mon corps pouvait se raccrocher à quelque chose, alors que ma queue s'agitait déjà à la simple pensée de Holly.

J'essayais de me convaincre qu'il fallait simplement que je réveille ma mémoire musculaire. Il fallait simplement que je commence à draguer et à jouer avec cette femme et mon corps se souviendrait de ce dont j'avais envie et, surtout, ça me ferait oublier Holly.

C'était vraiment une situation nouvelle pour moi. Je n'arrivais même pas à trouver une façon de lui dire bonjour. Même quand je n'essayais pas de draguer quelqu'un, j'avais toujours une répartie rapide, que ce soit pour un homme, une femme ou même un objet. Je lui souris platement, en me détournant quand le barman m'interpella.

— Il t'en faut une autre ? demanda Mike en regardant ma bière.

— Non, merci. Il faut que j'y aille.

Je n'avais même pas fini ma bière quand je partis, énervé, agité et frustré contre mon propre cerveau. Je n'avais pas réalisé ce que je faisais avant de quitter le parking dans ma voiture, en conduisant vers l'opposé de chez moi. Holly vivait à un pâté de maisons ou deux du Wildlands.

Je savais que je voulais Holly. Je ne savais juste pas tellement comment le gérer. Je me disais qu'on pouvait simplement commencer par laisser ce feu fou entre nous brûler.

Que je sache, je n'avais jamais couché avec une vierge. Quand j'étais au lycée, la première fille avec qui j'avais couché s'en était déjà débarrassée. On s'était simplement amusés ensemble. On était sortis ensemble quelques mois après que son ex, qu'elle adorait, l'eut trompée. Nous étions encore amis aujourd'hui, même si elle ne vivait plus à Willow Brook. Elle vivait à Anchorage, s'était mariée et avait quelques mômes.

Après ça, eh bien, la vie avait simplement suivi son cours. J'étais toujours resté détaché dans mes relations, mais ce n'était pas ce que je voulais avec Holly. Quelque part dans ma tête vivait la pensée qu'elle était encore accrochée à Jake. Je coupai le moteur de ma voiture après m'être garé à côté de la sienne sur le petit parking derrière son immeuble. J'étais déjà venu ici, mais jamais seul. De temps en temps, elle invitait des amis, mais c'était quasiment toujours avec Alex. Je levai la tête vers sa fenêtre et y vis de la lumière.

Ce que je voulais – ou plutôt, la personne que je voulais – dépassait tout bon sens que j'avais. J'aurais voulu attribuer ça au fait que j'étais saoul et stupide, mais je n'avais bu qu'une demi-bière. Avant de m'en rendre compte, je me tenais devant la porte de sa cuisine, la main levée, et je frappais trois coups.

La porte s'ouvrit et Holly était là. À la seconde où elle posa les yeux sur moi, un éclair de désir me traversa. Ses cheveux étaient relevés en queue de cheval, des mèches perdues s'échappant pour encadrer son visage. Elle écarquilla les yeux quand elle me vit, et ses joues prirent une teinte pourpre. Elle portait un t-shirt à col en V en coton, usé et fin. Mes yeux découvrirent immédiatement qu'elle ne portait pas de soutien-gorge. Ses seins ronds étiraient le t-shirt, ses deux tétons étaient visibles comme deux petits sommets de montagne traversant le tissu. Plus bas, elle portait un pantalon en coton large qui tombait bas sur ses hanches, m'offrant une vue parfaite sur sa peau entre le t-shirt et le pantalon. Ses pieds étaient nus et ses ongles étaient peints d'un bleu brillant.

On resta sans doute là pendant plusieurs minutes car je la vis frissonner. Ce ne fut qu'à ce moment-là que je réalisai qu'il faisait très froid dehors.

— Je peux entrer? demandai-je.

Elle hocha la tête et recula.

— Vaut mieux, il fait froid.

Elle me laissa passer et ferma rapidement la porte derrière moi.

— Qu'est-ce que tu fais là, bordel? Il est presque 22 h.

Je pris un instant pour rassembler mes pensées alors que mes yeux examinaient son petit appartement. C'était une grande pièce ouverte avec une cuisine du côté où j'étais entré, un petit îlot qui séparait la cuisine et le salon, où le plafond était un peu plus haut et les fenêtres donnaient sur la grand-rue, actuellement baignée d'obscurité. Un canapé d'angle donnait sur les fenêtres de l'autre côté et une télévision était accrochée au mur. À part une table basse et deux petites tables de chevet, il n'y avait pas d'autres meubles.

Je réalisai que je n'étais jamais allé dans sa chambre. Je voyais la porte ouverte vers un lit double large, avec de grands coussins et un plaid épais bleu marine.

— Eh bien? demanda Holly.

Mes yeux revinrent sur elle. Je n'avais aucune bonne raison d'être chez elle sans prévenir à cette heure. Avant que mes pensées ne se forment dans mon esprit, je m'approchai d'elle. Elle recula légèrement, s'appuyant contre le mur à côté de sa porte. Elle ouvrit la bouche, sans doute pour débattre de quelque chose.

— J'ai une idée, dis-je rapidement.

Elle détourna le regard. Ses joues étaient rouges, et je vis le battement de son pouls le long de son cou. Je voyais aussi les petites pointes tendues qu'étaient ses tétons s'écraser contre mon torse alors que son souffle s'accélérait. Je savais ce que ça faisait de la faire jouir avec mes doigts, et maintenant je voulais la sentir jouir sur ma queue et ma bouche.

— Quoi? contra-t-elle.

— Tu as dit que ce n'était pas parce que tu attendais le mariage, et que ta virginité te posait problème. Occupons-nous de ça.

Mon cerveau ne fonctionnait plus. Du tout. Au moment où ma proposition folle m'échappa, les vitesses changèrent.

Qu'est-ce que tu fais?

Ce que je veux.

La réponse de mon cerveau fut rapide et honnête. J'avais envie de Holly. Férocement.

Je voyais presque ses pensées s'emmêler dans sa tête, changeant rapidement d'avis en me regardant, ses joues s'empourprant plus encore. Sa langue sortit de sa bouche pour caresser sa lèvre inférieure, ce qui ne fit que me secouer de désir à nouveau. Ma queue était si dure qu'elle m'en faisait mal. Je savais qu'elle pouvait la sentir se coller à son bas-ventre.

— Tu veux dire, un coup d'un soir? demanda-t-elle.

Quelque chose traversa la profondeur de ses yeux et mon cœur se serra dans ma poitrine. Holly ne montrait pas sa vulnérabilité, d'habitude. Elle était forte, marrante et têtue comme tout. Elle ne lâchait jamais l'affaire. Mais je sentais cette lueur de vulnérabilité en elle, et ça me fit ralentir.

Même si je savais qu'elle me faisait confiance en tant qu'ami, elle avait été assez claire sur le fait qu'elle ne me faisait pas confiance quand il s'agissait d'autre chose. Je savais qu'il fallait que je lui montre qu'elle avait tort. Je savais aussi que je n'arriverais pas à l'en convaincre, et j'avais vraiment l'intention de profiter à fond du besoin qui avait pris feu entre nous.

Elle resta silencieuse un peu trop longtemps, et je sentis qu'elle était sur le point de me contrer avec cet argument.

— Peut-être, peut-être pas. On verra ce qu'il se passe, dis-je enfin.

Ses seins s'écrasèrent contre moi quand elle prit une profonde inspiration. Ça me prenait toute ma volonté de ne pas plonger mes hanches vers elle.

Elle me prit par surprise en disant, après un petit souffle :

— D'accord.

Même si c'était exactement ce que j'espérais, je n'avais pas réfléchi à la suite. Enfin, on pouvait facilement dire que j'avais beaucoup fantasmé sur la suite. Soudainement, je me rappelai à moi-même qu'elle était vierge. Même si j'en mourais d'envie, je ne pouvais pas la baiser contre ce mur. Ça ne me paraissait pas correct.

Soyons clairs. Ça me paraissait tout à fait correct, mais je prévoyais de garder ça pour une autre fois. Imaginer Holly avec ses jambes enroulées autour de moi, cul nu et sa peau rose partout pendant que je la baisais était assez pour me mettre à genoux. Mais c'était le genre de chose que je devais garder pour quand elle ne serait plus vierge.

Je n'étais pas l'un de ces hommes qui pensaient souvent à la virginité d'une femme. Ce n'était pas quelque chose que je possédais, ou que je voulais conquérir. Je réalisai que c'était peut-être quelque chose qui ne m'avait jamais importé parce que je ne m'étais pas laissé m'attacher à une femme auparavant. Depuis la révélation folle de Holly l'autre jour, je n'arrêtais pas de me dire que c'était fou qu'aucun autre homme n'ait eu la chance de l'avoir tout entière.

Chapitre Onze

NATE

Je n'attendis pas, je levai la main pour écarter ces mèches de cheveux de ses joues avant de me pencher en avant pour parler contre ses lèvres.

— D'accord, c'est parti, murmurai-je.

Elle se cambra immédiatement contre moi, passant sa main contre la base de mon cou et murmurant :

— Bon sang, embrasse-moi.

Évidemment que Holly prendrait le contrôle de la situation.

Pas la peine de débattre sur ce point. Nos bouches se rencontrèrent. Je commençais à apprendre que Holly et moi nous embrassions incroyablement bien. Bon sang, j'aurais pu l'embrasser des jours. Elle ne se retenait pas, ses lèvres douces et sensuelles bougeaient contre les miennes, sa langue trouvant la mienne.

J'adorais les sons qu'elle faisait, les petits souffles, en plein dans ma bouche. Je perdis la notion du temps. Je n'avais aucune idée de la vitesse à laquelle tout se passa, mais je soulevai ses jambes pour les enroulai autour de ma taille. Je sentais l'humidité chaude à travers le coton fin de son pantalon et mon jean.

À travers ce flou de désir, je me souvins que ce n'était pas n'importe quelle femme. C'était Holly, la femme sur laquelle je fantasmais depuis des années et que je pensais ne jamais avoir. Et elle était vierge. Il fallait que je fasse ça bien. En essayant de reprendre mes esprits et de m'accrocher au peu de contrôle que j'avais, je me libérai de notre baiser pour reprendre mon souffle.

En la tenant contre moi, je nous écartai du mur.

— La chambre, marmonnai-je.

Elle rit, ce souffle graveleux projetant le sang de mes veines vers ma queue. Ça serait un miracle que je ne jouisse pas dans mon caleçon à cause de cette femme.

— Quoi? Tu te dis qu'il faut que tu fasses ça bien maintenant? On a failli baiser dans un ascenseur. Sans parler du fait que je ne pense pas que cette virginité va être ce que tu imagines. Ce n'est pas comme si je n'avais jamais rien fait, et j'ai plein de vibromasseurs.

Bon Dieu. J'allais vraiment devoir prier pour garder mon sang-froid. L'image de Holly qui se touchait manqua de me briser. Comme je le disais, ce serait un miracle si je n'explosais pas avant qu'on arrive au bout.

En me dirigeant vers la chambre, je la tins fort contre moi.

— Tais-toi.

— Comme si j'allais obéir à ça, me provoqua-t-elle alors que je passais la porte de la chambre.

Après un autre gloussement, elle plongea son visage dans mon cou pour m'embrasser. Je ne m'étais pas trompé, elle était tout sauf passive. Bon sang, elle m'avait grimpé dessus comme sur un arbre dans les vestiaires de cette soirée caritative. Sans parler de ce qui s'était passé dans l'ascenseur.

Mais après trois jours à ruminer le fait qu'elle était

vierge, je m'étais convaincu que j'allais devoir être doux avec elle. Holly n'avait aucune envie de voir ça. Après un autre baiser dans mon cou, et quand je m'arrêtai au bout du lit, elle me secoua par l'épaule.

— T'y vas ou bien?

— Bon sang, Holly, marmonnai-je.

Je commençai à la poser sur le lit et elle se libéra de ma prise, le mouvement subtil de son corps contre le mien tendit alors chacun de mes muscles. Tout mon corps vibrait d'anticipation, mon désir traversait mes veines comme une rivière de feu.

Avec une main, elle retira son t-shirt d'un mouvement simple avant de le jeter au sol. J'en eus le souffle coupé. Littéralement. Même si j'avais souvent rêvé des seins de Holly, je ne les avais jamais vus dans toute leur splendeur auparavant.

Ma tête se mit à tourner un instant. Ses seins étaient rebondis et ronds, la peau de ses tétons était d'un gris rosé tendu, prête à être touchée. Elle croisa mon regard, un petit sourire au coin des lèvres.

— Oh, je vois. Qu'est-ce que tu te disais? Que soudainement j'allais être timide? Ce n'est pas comme ça que j'en suis arrivée là. Ce...

Elle s'arrêta un instant pour désigner son corps et lever les yeux au ciel.

— ... statut de vierge. C'est juste que je suis pas tombée sur la bonne personne. Mais tu as raison. Autant m'en débarrasser. Ce ne sera plus un problème, comme ça.

Même si je n'arrivais presque plus à réfléchir car ma tête était complètement vide, je ressentis une petite douleur quand elle parla de sa virginité comme ça. Je sentais qu'elle m'avait classifié, rangé dans un coin qui disait « sans lendemain, ami avec petit bonus ». Étant donné que les histoires sans lendemain étaient presque ma spécialité, même si d'habitude j'évitais de mélanger ça avec des amies, je ne pouvais pas vraiment lui en vouloir, mais ça faisait quand même mal. Heureusement, elle ne me laissa pas m'attarder sur le sujet, s'avançant vers moi pour arracher mon manteau de mes épaules.

— Tu portes trop de vêtements, murmura-t-elle.

Elle passa sa main sous mon t-shirt, le contact de sa paume envoyant des courants électriques partout sur ma peau. Je perdais doucement le contrôle donc je me repris. En passant ma main dans mon dos, j'attrapai le col de mon t-shirt et le passai par-dessus ma tête, le jetant à côté du sien. En tirant la capote que je gardais dans mon portefeuille, je posai le reste sur la table de chevet en retirant mon jean.

Quand je relevai les yeux vers elle, Holly retirait son pantalon en coton et le repoussait avec ses pieds. Bordel. Elle testait ma retenue depuis bien trop longtemps. J'en venais à me demander si ce n'était pas une espèce de punition.

Elle se tenait devant moi, ses seins plus tentants que permis. Mes yeux absorbèrent tous les détails : la courbe de sa taille, l'arrondi de son ventre, l'espace de ses hanches. Le tout me rendant complètement fou avant même de l'avoir touchée.

Bien sûr, pour me pousser dans mes retranchements, elle portait une culotte bleu foncé en soie. Elle accrocha ses doigts au bord de sa culotte et je tirai sur les rênes de mon contrôle.

— Non, lâchai-je, comme un ordre intense.

Elle écarquilla les yeux.

— Non?

— Pas encore.

En me rapprochant d'elle, je grognai presque quand je passai une main dans ses cheveux et l'autre le long de sa colonne vertébrale pour arriver à la douce courbe de ses fesses. J'avais déjà senti le corps de Holly contre le mien, mais il y avait toujours eu beaucoup de couches entre nous. Quand je sentis ses seins se coller à mon torse, sa peau nue et de soie, c'était comme si la foudre me frappait.

J'avais besoin qu'elle soit distraite, qu'elle soit aussi perdue que moi. J'attrapai ses lèvres, déversant le désir qui hurlait en moi dans sa bouche. Elle nourrissait cette tempête avec chaque baiser, chaque coup de langue, chaque morsure. L'une de ses mains caressait mon torse tandis que l'autre descendait le long de mon dos, me griffant légèrement. Je m'accrochai à un semblant de contrôle uniquement parce qu'elle était tout ce dont je rêvais. Enfin. L'avoir nue dans mes bras était un fantasme depuis bien trop longtemps, ça faisait presque partie de mon identité.

La différence entre ça et la réalité était immense. Je nous jetai sur le lit, en roulant sur le côté, me laissant enfin aller et me libérant de ses lèvres pour explorer le reste de son délicieux corps. Sa peau était sucrée et salée. En attrapant l'un de ses seins, je levai les yeux quand elle se cambra vers moi en gémissant.

Mes fantasmes sur elles étaient pâles en comparaison. J'avais un peu plus d'informations depuis nos récentes rencontres. Mais rien n'aurait pu me préparer à la délicieuse sensation de son corps nu contre le mien, avec rien d'autre qu'un morceau de soie la protégeant.

Je passai mon pouce d'avant en arrière sur la petite perle tendue de son téton, plongeant la tête pour l'entourer de ma langue, le suçant et le mordant doucement alors qu'elle gémissait. Je jouai avec son autre sein, gardant mes doigts sur le premier et le pinçant à l'aide de l'humidité laissée par ma langue.

Tout était flou, ses doigts s'enfonçant dans mes cheveux avec une prise violente, mon souffle saccadé, ma queue si dure qu'elle me faisait mal et le besoin qui battait en moi à chaque contact.

Je traversai la courbe de son ventre, savourant la flexibilité de sa peau alors que j'attrapais ses hanches pour me reculer. Quand je passai mes doigts entre ses cuisses, je trouvai la soie trempée. Je savais ce que ça faisait de la toucher, l'humidité sur mes doigts. Je mourais d'envie d'être plongé en elle.

Mais d'abord, il fallait que je lui fasse perdre la tête.

En caressant la soie du bout des doigts, je regardai son visage. Ses joues étaient rouges, son corps entier brillait de sueur. La lumière douce d'une lampe de chevet était la seule chose à éclairer la pièce, la couvrant d'un rayon doré.

— Nate, gémit-elle, ses hanches se cambrant à mon toucher.

Je ne pouvais m'empêcher d'être heureux à l'idée qu'elle me voulait tant que ça.

— Quoi? murmurai-je en retour.

Ses cheveux étaient emmêlés sur les oreillers. Elle leva la tête en utilisant son coude pour se redresser. Ma queue palpita. Elle était magnifique, ses tétons suppliant mon attention encore une fois. Alors que je ne bougeais plus, elle plissa les yeux. Oh bon sang, j'adorais quand Holly était en colère.

— Continue, ordonna-t-elle.

Elle bougea pour m'attraper.

— Pas si vite, dis-je en attrapant sa main de ma main libre alors que j'écartais la soie pour enfoncer mes doigts dans son canal.

Elle était chaude et mouillée. Quoi qu'elle ait eu envie de dire, la seule chose qui sortit fut un cri sauvage alors qu'elle s'effondrait sur les oreillers, ses hanches s'enfonçant contre moi.

Il n'y avait rien de délicat quand il s'agissait de Holly et moi. C'était comme deux étincelles qui se rencontraient et se nourrissaient mutuellement, créant des feux partout où nous nous touchions.

Je descendis et écartai son genou. En me penchant en avant, je passai ma langue entre ses plis. Son canal se serra, agrippant mes doigts. J'avais besoin de me débarrasser de sa culotte, je me reculai juste assez longtemps pour l'arracher le long de ses jambes et la jeter de l'autre côté de la pièce. Puis je plongeai mon visage entre ses cuisses, la léchant, la suçant et la caressant avec mes doigts alors qu'elle gémissait et balançait ses hanches vers mon visage.

Je sentis les vagues de son orgasme arriver alors que son sexe se serrait plus fort avant de l'entendre crier. Mon nom sortit en une plainte sauvage alors qu'elle criait fort. Je voulais y aller doucement, mais il aurait fallu que je puisse me contrôler. Avec un coup de pied, je jetai mon caleçon au sol, au pied du lit. Je remontai le long de son corps avec mes lèvres et ma langue. Je n'avais envie que d'une chose : la sentir enfin autour de ma queue alors que je plongeais dans cette femme qui torturait mes fantasmes depuis des années.

Mes hanches trouvèrent son creux, mouillé, lisse, alors que je balançais mes hanches vers elle, ma queue traversant facilement ses plis. La réalité me frappa soudainement. J'étais tellement perdu dans une tornade de désir que j'avais presque oublié d'enfiler un préservatif. En m'éloignant rapidement, ou plutôt en essayant de m'éloigner, je marmonnai :

— Capote.

Holly avait enroulé ses jambes autour de ma taille et me tenait fort. C'était une petite femme, du moins en taille, mais elle était forte. Quand je la regardai, elle trouva mon regard, ses yeux écarquillés et noirs.

— Holly?

Elle secoua la tête puis relâcha mes hanches. Je bougeai rapidement, attrapant la capote que j'avais posée sur la table de chevet et l'enfilant en quelques secondes. Quand je m'installai à nouveau au-dessus d'elle, presque perdu dans la sensation de son corps sur le mien, je me forçai à sortir de la transe de désir dans laquelle j'étais.

— Tu es sûre?

Elle gloussa, un son qui fit battre mon cœur à la chamade.

— Je crois que c'est un peu tard pour faire demi-tour, pas toi?

C'était lourd, plus lourd que ce à quoi je m'attendais. Outre les fantasmes, c'était Holly, une femme que je connaissais depuis toujours. J'étais sur le point d'être le premier homme à être en elle. Je devrais faire appel à toute ma volonté mais, si elle changeait d'avis, je respecterais sa décision.

Chapitre Douze

HOLLY

Le regard sombre de Nate soutint le mien si intensément que j'en eus le souffle coupé. Je sentais sa queue longue, dure et épaisse posée contre moi. Je venais de jouir de façon explosive sous sa bouche et ses doigts. J'aurais dû être rassasiée mais j'en étais loin.

Et maintenant, *maintenant*, il voulait savoir si j'avais des doutes. Si j'avais le moindre bon sens, on ne serait pas culs nus dans mon lit, à deux doigts de faire une énorme erreur.

En cet instant, rien de tout cela ne rentrait en compte. Tout ce qui comptait, c'était le battement de mon cœur, le désir qui se mélangeait aux émotions dans une tempête interne, et l'envie presque douloureuse de le sentir en moi.

—Je suis sûre, dis-je.

Mes hanches se cambrèrent par réflexe, le sentir glisser sur mon clitoris gonflé envoyait de petits chocs de plaisir dans tout mon corps. J'en voulais plus. Et enfin, enfin, il me le donnait. Quand il recula, je sentis le bout de sa queue devant l'entrée de mon antre. Hors blague sur l'aspect technique, pendant un instant, je me trouvai un peu inquiète.

Et puis il plongea en moi, d'un mouvement lent et prudent. Je le sentais s'accrocher à son contrôle. Il était tendu comme un arc, chaque centimètre dur de son membre ne faisait que durcir alors qu'il me remplissait doucement. Je ressentais une petite brûlure, un pincement, mais rien d'horrible. Peut-être que j'avais raison quand je disais que les vibromasseurs avaient aidé.

Sa voix était presque brouillée quand il parla.

— Holly, ça va?

— Hum, hum, réussis-je à dire alors que mon cœur battait si fort que je l'entendais résonner dans tout mon corps.

Mes hanches se balancèrent contre lui, alors que cette petite brûlure me touchait toujours. Mais c'était bon, le sentir m'étirer et me remplir était encore meilleur que ce que j'avais imaginé. Je savais que je ratais quelque chose, mais je n'avais pas réalisé quoi.

Nate se retira doucement puis plongea à nouveau. Une fois encore, je sentis qu'il essayait d'y aller doucement, de tout gérer. Alors que j'en voulais plus, poussée pour un désir fou, je me cambrai contre lui, mes hanches se levant avec chaque mouvement. J'étais trop prise dans cette sensation, trop perdue pour prendre mon temps, pour aller doucement.

J'enroulai mes jambes autour de ses hanches et passai ma main le long de son dos.

— Ne me fais pas attendre, murmurai-je.

Nos regards se trouvèrent, le sien était sombre et intense. Quelque chose changea et plongea droit vers mon cœur, s'accrochant profondément. J'avais l'impression de tomber. Avec chaque nouveau coup de hanche, sa peau contre la mienne, ses muscles durs autour de moi, j'étais prise dans une toile de désir et d'intimité.

— Je ne vais pas me presser juste parce que tu l'as décidé, dit-il d'une voix rauque murmurée contre mes lèvres.

C'était vrai que je n'attendais pas le prince charmant, mais je n'aurais jamais pu me préparer à ça. J'avais l'impression d'être marquée à vie. Faire cette première expérience avec Nate me projetait dans des vagues d'émotions et de désir qui s'écrasaient contre des rochers.

Tout était flou. Alors que ses hanches se balançaient en moi, il prit complètement le contrôle, non pas que j'aurais eu la force de le reprendre. C'était une danse folle et lente avec son corps dur et musclé contre le mien, et chaque plongée de sa queue dans ma chatte. J'étais trempée et chaque va-et-vient me faisait monter plus haut alors que la pression se formait dans mon centre.

Tout du long, ses yeux étaient posés sur moi et je n'arrivais pas à détourner le regard. Le plaisir explosa en moi comme des étincelles devenues flammes. Il passa sa main entre nous, changeant légèrement de position avec un autre coup de rein lent. Quand il appuya son pouce sur mon clitoris, tout se relâcha en moi avec tant de force que je hurlai.

Il continua de bouger et mon orgasme continua et continua, s'agrippant fort à son membre. J'étais à bout de forces quand tout commença à retomber. Je le sentis se raidir avec un cri rauque. Juste après ça, il s'effondra sur moi, nous faisant rouler pour être sur le dos alors que j'étais allongée sur son torse.

J'étais molle, perdue dans les courants. Nate murmura quelque chose en écartant mes cheveux humides de mon visage.

— Ça va?

Cette question simple était sans doute liée à son inquiétude de m'avoir fait mal. Oh, j'avais ressenti une brûlure et quelques picotements, plus que ce que j'avais ressenti avant, mais, d'une certaine manière, ça m'énerva qu'il me pose la question.

Sans doute parce que je me sentais trop vulnérable, trop exposée, prise dans un courant de désir et d'intimité bien plus intense que n'importe quoi que j'aie rencontré auparavant. Je ne pouvais pas dire pourquoi les choses n'étaient jamais allées aussi loin avec d'autres hommes, car je n'avais jamais reculé volontairement. Mais ça, ce que je ressentais avec Nate, était bien plus que ce à quoi je m'attendais.

Mes émotions s'empilèrent, et je ne pouvais pas vraiment parler. Sans réussir à détourner le regard de ses yeux chocolat, je réussis à hocher la tête. J'étais à peine présente mentalement, toujours perdue dans la sensation, quelques frissons traversant mon corps, des vagues de plaisir toujours présentes.

Nos souffles ralentirent à l'unisson et je réussis enfin à trouver assez d'oxygène pour parler. Avec son bras dans mon dos, une main sur mes fesses et l'autre caressant mes cheveux, je me dis qu'il fallait que je bouge. Mais je n'en avais pas envie.

Tout cela était trop bon. Je ne pensais pas que perdre ma virginité serait aussi lourd. Je voulais m'enrouler autour de Nate et ignorer le monde. Mais je ne pouvais pas. Il fallait que je maintienne des limites claires, pour moi-même autant que pour lui.

En me refermant, je levai la tête, posant mon menton sur ma main. Nate ouvrit les yeux. J'aurais tout donné pour savoir à quoi il pensait. Depuis que je le connaissais, je l'avais trouvé difficile à lire. Du moins, au-delà de ce qu'il montrait au reste du monde.

Il y avait le Nate joueur, le dragueur que tout le monde connaissait. Mais là, en regardant dans ses yeux, je n'avais aucune idée de ce qu'il se disait. Sa main s'arrêta un instant dans mes cheveux puis il la leva, écartant une autre mèche emmêlée de mon front.

C'était trop, beaucoup trop proche de ce que je voulais. Je me forçai à bouger. En me levant, je baissai les yeux et me rendis compte que j'étais à califourchon sur lui. Quand mes hanches bougèrent, je sentis sa queue gonfler en moi. Sa bouche s'étendit en un sourire.

— Ne fais pas ça, murmura-t-il.

Ce n'était pas mon intention, je ne cherchais pas à l'exciter, mais mes hanches bougeaient d'elles-mêmes, se balançant doucement. Quoi que je me dise, mon corps savait ce que je voulais, ou plutôt qui je voulais. Nate. Le fait qu'il vienne de me faire décoller deux fois ne semblait pas compter.

— Tu te demandes comment me virer? demanda-t-il.

Ça m'énerva immédiatement. Mais je n'allais pas lui dire. Ce qui m'énervait était de voir à quel point il pouvait lire dans mes pensées. Car il avait raison. Au moment où je m'étais mise à réfléchir, je m'étais demandé si c'était poli de le virer de mon appartement.

Pas parce que j'en avais vraiment envie. Non, plutôt parce que j'avais envie qu'il reste. Bien trop. Et ça me terrifiait.

En essayant de garder la face, je levai les yeux au ciel.

— Non, je n'allais pas te virer.

S'il savait que je mentais, il ne le montra pas. Je me sentis soudain gênée. Je n'avais jamais eu envie que ma virginité soit toute une histoire. Et pourtant j'étais là, allégée de ce poids, et c'était avec Nate. Je le connaissais depuis toujours, et il était l'une des rares personnes qui connaissaient mon petit secret.

Je ne savais pas comment me démêlér de son corps avec nonchalance. Il me sauva en s'en occupant. Que ce soit parce qu'il avait senti mon incertitude ou simplement un coup de chance, il bougea doucement, me levant en se retirant. Pendant un instant, je me sentis vide, perdue, comme s'il manquait un bout de moi.

Il roula légèrement, glissant de sous moi et se levant. Quand je le regardai dans la lumière tamisée, il me coupa le souffle. Ce n'était pas comme si je ne l'avais jamais vu torse nu. C'était le meilleur ami de mon frère jumeau, après tout. Il avait passé beaucoup de soirées chez nous au lycée, et ils traînaient tous les deux en joggings sans t-shirt la moitié du temps.

Mais c'était bien avant qu'une ampoule s'allume dans ma tête. Maintenant, je ne pouvais pas poser les yeux sur lui sans que mon corps réponde. Il me tendit la main. Je le regardais sans doute avec un air vide, car il sourit.

— La douche, dit-il, comme si ça faisait sens.

Je ne réfléchissais pas clairement en ce moment. C'était plus simple de ne pas réfléchir. En plaçant ma main dans la sienne, je sentis une onde de chaleur, une pointe d'électricité dans ce contact. Il enroula ses doigts autour des miens, me tirant légèrement d'une poigne chaleureuse et forte.

Chapitre Treize

HOLLY

Je me réveillai quand j'entendis un mouvement dans la chambre. J'avais dû faire du bruit car j'entendis la voix de Nate. Il arriva au bord du lit et se pencha en avant, posant doucement ses lèvres sur les miennes. Instanta-nément, j'eus envie de le tirer vers moi et de tomber dans la même folie que la veille au soir.

— Il faut que j'y aille, dit-il d'un murmure encore endormi.

J'avais complètement raté mon plan de ne pas dormir avec lui la nuit dernière. Après qu'il m'eut provoquée en annonçant que j'avais prévu de le virer, j'avais été incapable de le faire. Je ne voulais pas lui donner raison. Plus encore, je ne voulais pas qu'il parte.

Je me souvenais vaguement l'avoir entendu dire qu'il devait partir tôt ce matin pour emmener un groupe de skieurs vers un hôtel caché dans la forêt. Il ne reviendrait pas pendant trois jours.

— Ah, c'est vrai, répondis-je en me redressant dans le lit.

La couverture tomba sur ma taille alors que je glissais contre les oreillers. J'écartai mes cheveux emmêlés de mon visage et le regardai.

— Tu as besoin de café?

— Tu n'es pas obligée de te lever pour moi, et il faut que tu te couvres, dit-il avec un petit rire grave.

Alors que la lumière de la salle de bains traversait la chambre, je vis ses yeux descendre vers mes seins nus. Mes tétons se dressèrent en réponse. Avant que je ne puisse penser, il baissa la tête et prit l'un de mes seins entre ses lèvres en enroulant rapidement sa langue autour de mon téton avant de me donner un coup de dent. Rien qu'avec ça, mon sexe palpita et le désir monta entre mes cuisses.

Il recula rapidement. Excitée, j'écartai les draps et attrapai mon peignoir posé sur une chaise à côté du lit. Je passai devant lui.

— Je me lève tôt dans tous les cas. Il faut que je sois à l'hôpital dans deux heures. Je te ferai un café avant que tu partes. Tu as le temps? lançai-je par-dessus mon épaule tandis que je marchais rapidement de la chambre à la cuisine en allumant la lumière.

Il était 6 h 30. Le soleil se lèverait d'ici environ une heure et demie.

— J'ai le temps. Tu n'as pas à...

Je le fis taire d'un regard et secouai la tête en resserrant la ceinture de mon peignoir.

Il fallait que je fasse quelque chose. Je n'allais sûrement pas rester au lit à fantasmer sur Nate. Il gloussa et s'installa sur l'un des tabourets de mon comptoir.

— Si tu insistes. J'ai environ une demi-heure.

— Parfait. Pile le temps de te faire un café et à manger.

— Tu n'as pas...

Cette fois, il rit quand je lui lançai un regard noir.

— Il te faut un petit déjeuner. Les scones de Janet sont délicieux, mais elle ne sert le petit déj' que dans une heure. En dix minutes, je peux te faire un sandwich à l'œuf.

Je lançai le café rapidement, refusant de m'attarder sur le fait que je savais que Nate adorait les sandwichs aux œufs. Il demandait toujours à ma mère de lui en faire un quand il passait la nuit à la maison quand nous étions petits. Après avoir lancé le café, je sortis le pain et cassai les œufs, les versant dans une petite poêle. Je respectai la *deadline* de dix minutes que je m'étais imposée moi-même, avec même une minute d'avance.

Après lui avoir fait glisser son café sur le comptoir, je servis son sandwich sur une assiette avec ma spatule et la lui tendis.

— Oh, attends, de la sauce piquante, dis-je.

En me retournant, je tendis le bras vers mon placard et sortis sa sauce piquante préférée. Je soulevai la tranche de pain supérieure et versai quelques gouttes sur les œufs.

Il prit une gorgée de café et soupira.

— C'est parfait.

Je me servis ma propre tasse de café et posai le pied sur l'un des tabourets du comptoir. Je le rapprochai de moi et me glissai dessus en buvant mon café pendant qu'il mangeait.

Je ne savais pas trop quoi penser de tout ça. La nuit dernière avait été... eh bien, ça avait été bien plus que ce à quoi je m'attendais. Perdre ma virginité en soi n'était pas ce qui m'avait secouée au plus profond de moi. Mais cette intimité inattendue, en revanche... Je commençais à douter du fait que ce sentiment n'était que du désir sexuel, même si je voulais vraiment réussir à me convaincre que ce n'était rien de plus.

Nate mangea en silence, me regardant de temps en

temps. On se tint simplement compagnie en silence. Ce n'était pas comme si nous n'avions jamais petit-déjeuné ensemble. D'ailleurs, c'était arrivé de nombreuses fois. Alex était un lève-tard, contrairement à Nate et moi. Ma mère nous faisait à manger quand Nate avait passé la nuit à la maison, et Alex arrivait souvent beaucoup plus tard.

Cette interaction brève et mondaine paraissait à la fois familière et entièrement nouvelle. Le facteur ajouté à l'ensemble qui changeait toute la dynamique était le fait que, maintenant, j'avais été plus intime avec Nate qu'avec n'importe quel autre homme dans ma vie. Agitée, je pris une gorgée de café et me levai, resserrant encore une fois la ceinture de mon peignoir. J'étais stressée, et je le savais.

Pour m'occuper, je mis l'unique poêle utilisée pour faire son sandwich dans l'évier et la lavai rapidement, prenant le temps de boire mon café en même temps. Quand je me retournai, j'appuyai mes hanches sur le comptoir, agrippant mon café d'une main et enroulant mon autre main sur le bord de l'îlot.

Mes yeux savourèrent la vue de Nate. Avec ses cheveux encore humides de sa douche, il était vraiment beau. Il avait des cheveux marron raides et courts qui étaient tout ébouriffés sur le devant et les côtés. J'avais envie de m'approcher de lui, de passer ma main dans ses cheveux et de me perdre dans sa bouche encore une fois. Il avait des lèvres pulpeuses, sensuelles. Son visage était anguleux, avec des sourcils épais et des pommettes saillantes, rendant le contraste que ça créait avec ses lèvres encore plus incroyable.

Mon pouls s'accéléra au moment où il repoussa son assiette et leva les yeux. Oh, bon sang. Il y avait une raison pour laquelle j'avais fait de mon mieux pour éviter de passer du temps seule avec Nate. Mon corps perdait les pédales à chaque fois que je m'approchais de lui.

Maintenant que je connaissais chaque centimètre de son corps, ce que ça faisait d'être emmêlée avec lui, de l'avoir enfoui au fond de moi, c'était bien pire qu'avant.

— Merci, dit-il. C'était délicieux.

Ses yeux passèrent sur l'horloge au-dessus de ma tête.

— Il faut que je décolle. Je dois arriver au hangar à temps pour préparer le vol.

Il se leva, fit le tour du comptoir en finissant rapidement son café avant de poser sa tasse et son assiette dans l'évier. Je continuai de dire à mon corps de bouger, mais je restai plantée sur place. L'envie d'être proche de lui tuait chaque grain de bon sens qui habitait ma tête. Même si, ces derniers temps, il n'y avait pas beaucoup de bon sens à trouver en moi quand il s'agissait de Nate. Je m'agrippai à ma tasse de café comme si ma vie en dépendait. Peut-être que si je m'y accrochais assez longtemps, je serais capable de résister à l'envie de le toucher.

Il portait un vieux jean qui caressait ses jambes musclées, avec un t-shirt blanc et une chemise à carreaux bleue ouverte et usée. Ces couches n'aidaient en aucun cas à cacher son torse musclé et à quel point il remplissait ses vêtements. Je l'avais vu habillé de cette manière bien plus de fois que je ne pourrais les compter, mais mes yeux avaient dévoré chaque parcelle de son corps hier soir, m'affamant encore plus.

Maintenant, la partie vraiment gênante arrivait. Il allait partir et, peut-être, je disais bien peut-être, que j'arriverais à retrouver mes esprits. Nate, encore une fois, surpassa toutes mes attentes d'un kilomètre. Il posa ses mains de chaque côté de moi sur le comptoir, m'enfermant entre ses bras, une lueur dans les yeux quand il rencontra mon regard.

— Alors.

— Alors, quoi? contrai-je en essayant d'ignorer le rythme de mon pouls depuis le moment où il s'était approché de moi.

— Je suis surpris que tu ne m'aies pas mis à la porte ce matin, murmura-t-il, avec ce regard joueur qui m'agaçait tant.

Je sentis mes joues rougir et je les ignorai, ordonnant à mon corps de se calmer. Mon corps m'ignora en retour, mon cœur battant la chamade alors qu'une chaleur naissait dans mon centre.

— Je n'allais pas te virer, répondis-je enfin, énervée par l'aisance avec laquelle il me taquinait.

— Et maintenant? demanda-t-il en continuant.

C'était une question qui tournait dans ma tête depuis que je m'étais réveillée et, maintenant, mon cerveau était prêt à répondre.

Il fallait que je la joue détachée, pour moi-même comme pour lui. Je savais déjà que j'étais tombée dans la zone dangereuse quand il s'agissait de Nate. Je le connaissais trop bien, et je savais qu'il ne donnait pas dans les relations sérieuses, donc je ne pouvais rien espérer de plus. Mais je n'allais pas le laisser voir ma vulnérabilité.

— Je crois que maintenant tu vas travailler. Je suis sûre que je te croiserai quand tu reviendras.

Nate plissa les yeux, son air joueur disparaissant rapidement. Bien. Je pouvais supporter de l'agacer un peu. À mon grand regret, il ne me contredit pas.

Une seconde plus tard, ses lèvres étaient sur les

miennes, sa langue passant dans ma bouche alors que je gémissais. En deux secondes à peine, il était contre moi, me tirant vers lui, sa main passant dans mon dos pour attraper mes fesses alors qu'il balançait son excitation vers moi.

C'était terminé avant même que je ne puisse réfléchir. Puis il recula, le regard sombre. En regardant ses yeux, mon bas-ventre se serra, et je réalisai à quel point j'étais mouillée.

— Oh, tu me verras quand je reviendrai. On est loin d'en avoir terminé, dit-il.

Sur ces mots, il se retourna et quitta la pièce, attrapant son manteau sur le crochet près de la porte et me laissant avec un clin d'œil et un sourire.

Au moment où la porte se ferma derrière lui, j'attendis, en écoutant le bruit de ses pas s'éloigner sur les marches extérieures. Mon cœur battait fort, j'avais chaud, j'étais excitée, je sentais la colère monter en moi.

Dès que j'entendis le bruit de sa voiture démarrer dans la pénombre, je me dépêchai d'aller fermer la porte derrière lui, comme si ça me protégerait de ma propre réaction à sa présence.

Quelques instants plus tard, j'étais sous la douche, l'eau chaude coulant sur ma peau, mon esprit passant en revue tout ce qui s'était passé la nuit dernière. Nous n'avions couché ensemble qu'une seule fois. Mais ça ne m'avait pas arrêtée quand j'avais eu envie de le réveiller en pleine nuit. Quand j'avais bougé contre lui, il avait murmuré mon nom. En un clin d'œil, ses mains caressaient mon corps et il enfonçait sa tête entre mes jambes, me faisant exploser de plaisir avant de se placer au-dessus de moi, tenant sa queue alors qu'il jouissait sur mon ventre.

Je rougissais rien qu'en y pensant, et je me trouvai à sortir de la douche à la recherche de mon vibromasseur préféré pour me faire jouir fort et presque instantanément.

J'étais mal barrée, très mal barrée.

Chapitre Quatorze

NATE

En penchant l'avion légèrement, je regardai au loin vers les montagnes qui s'étendaient devant nous. L'Alaska était belle en toute saison, mais l'hiver mettait en valeur sa beauté naturelle. Les montagnes couvertes de neiges se dressaient au loin, brillantes et presque aveuglantes contre le ciel bleu. Le ronronnement du moteur d'avion rendait les discussions très peu pratiques pendant les vols. Avec mon casque sur les oreilles, j'entendais les commentaires occasionnels du groupe que je transportais, mais, à part ça, j'étais seul.

C'était ce que je préférais la plupart du temps. Je n'étais en aucun cas timide. Je pouvais admettre facilement que j'étais un dragueur et un charmeur, mais j'adorais la paix que je trouvais aux commandes d'un avion. La concentration d'un vol au-dessus des paysages d'Alaska faisait taire mon esprit. C'était l'une des raisons pour lesquelles j'étais tombé amoureux de l'aviation. Mon père avait obtenu son permis de vol pour petits avions quand il travaillait en tant qu'ingénieur sur l'oléoduc trans-Alaska durant sa construction. J'adorais voler avec lui quand j'étais môme et qu'il m'emmenait faire des tours dans l'avion de l'un de ses amis.

Le groupe que je transportais aujourd'hui se dirigeait vers un hôtel isolé pour du ski hors-piste. Ils étaient ce que je considérais comme des touristes endurcis à la recherche de vie sauvage. Ils se prenaient souvent beaucoup plus au sérieux que la plupart des habitants de l'Alaska. Quand on vit en Alaska, la nature est juste là, à part dans des grandes villes comme Anchorage, Fairbanks ou Juneau. Et même là, les rues se retrouvent parfois envahies par des élans et la nature n'est qu'à quelques minutes de là.

Je ne ressentais jamais le besoin d'aller atterrir au milieu de nulle part pour faire du ski hors-piste, mais des aventuriers comme ceux-là voulaient pouvoir rayer ça de leur liste de rêves. Je ne cherchais pas à être vexant, mais je ne comprenais pas vraiment pourquoi ils ne cherchaient pas simplement à vivre quelque part où la vie sauvage pourrait faire partie de leur quotidien.

Je ne m'en plaignais pas, cependant. Ce genre de vols payait les factures. Mon emploi du temps était varié, avec des vols réguliers comme des vols pour transporter du courrier, des courses et des passagers au départ des zones rurales étalées partout en Alaska, puis mes vols avec les équipes de pompiers pendant les étés. Ce weekend, je gagnais plus que pour plusieurs autres vols ajoutés. Les gens paient cher pour se faire déposer exactement là où ils veulent.

Parfois, je rentrais chez moi entre deux vols comme ceux-ci. Ce vol était tout juste assez loin pour que je reste à l'hôtel un weekend avant de ramener le groupe vers la ville.

La paix que je recherchais quand je volais était difficile à trouver aujourd'hui. Holly remplissait chaque coin de mon cerveau. La nuit dernière avait été... Je n'avais pas les mots pour la décrire. Il y avait mes fantasmes, puis il y avait ce qu'il se passait quand la réalité dépassait toutes vos attentes. J'avais eu un avant-goût de Holly avant la nuit dernière et je savais que l'alchimie qui montait entre nous pouvait causer des flammes à en brûler la forêt. Mais après avoir été peau à peau avec elle, plongé au plus profond de son être, je pouvais dire sans hésitation qu'aucune autre femme ne serait jamais comparable. Jamais.

J'écartai mes pensées quand un éclat de lumière brilla au loin. Il y avait un lac niché dans la vallée devant nous, là où un hôtel de ski luxueux était installé. Le terme « station de ski » n'était pas particulièrement approprié. Il n'y avait pas de remonte-pente qui trimballait les skieurs de haut en bas des pistes. À part l'hôtel lui-même, il n'y avait rien d'autre que la nature, aussi loin que l'horizon. L'hôtel était un espace luxueux au milieu de nulle part, parfait pour les quelques pistes de ski de randonnée nordique qui se trouvaient non loin, puis entouré de kilomètres de neige et de montagne pour le hors-piste.

J'allais poser mon avion sur le lac gelé. Ça servait de piste en hiver comme en été. En été, j'utilisais mes hydravions, alors qu'en hiver le lac couvert de neige permettait un atterrissage doux. J'utilisai ma radio pour annoncer notre arrivée au contrôle aérien puis éloignai mon micro de ma bouche pour dire au groupe que nous allions bientôt atterrir.

Nous étions dans mon avion à huit places, le plus grand que je pilotais. Il était plein, avec ce groupe composé de trois couples et une de leurs amies. L'amie en question était une femme qui avait déjà essayé de me draguer. Dans un autre contexte, j'aurais joyeusement joué le jeu. Elle était magnifique et drôle. Mais si je m'étais pensé foutu après ce baiser en octobre avec Holly à la soirée caritative, j'étais complètement dans la merde maintenant.

Quelques minutes plus tard, je posai l'avion sur le lac gelé alors que la neige volait autour de nous. La météo avait été presque parfaite aujourd'hui. Quand le ciel était dégagé comme ça, le vent pouvait débarquer rapidement. Aujourd'hui, nous avions eu le droit à un ciel dégagé et presque aucun vent, ce qui était vraiment un miracle en hiver en Alaska. Une fois qu'on se trouva au sol, ou sur le lac plutôt, j'aidai tout le monde à descendre et conduisis l'avion jusqu'à une station d'amarrage. Le groupe commença à se diriger vers l'hôtel tandis que je restais en arrière pour attacher l'avion.

Mon ami Dave me fit signe depuis la porte d'entrée. En plaçant mes mains de chaque côté de ma bouche, je criai :

— J'arrive dans une minute, je m'occupe juste de l'avion.

Dave et sa femme Nancy géraient cet hôtel et le maintenaient dans un état parfait en hiver. Malgré l'aspect isolé, ils n'étaient jamais seuls. Ils avaient des groupes presque tous les weekend en hiver. L'hôtel était alimenté par des énergies solaire et éolienne, et il avait un système de recyclage des eaux. Même en cas d'apocalypse ou de toute dystopie imaginable, ils s'en sortiraient sans doute très bien. Ils savaient chasser, pêcher, et se défendre mieux que la plupart des gens.

Ils avaient même un bunker avec des réserves qui pouvaient tenir tout l'hiver sans soucis. En été, ils avaient ce lac pour la pêche, et les forêts aux alentours pour la chasse. Dave et Nancy adoraient cet endroit et ne rejoignaient la civilisation, comme ils aimaient le décrire, que deux ou trois fois par an pour des vacances, pour rendre visite à leur famille ou pour des courses. Ils avaient la télévision par satellite et le téléphone, donc tout allait bien.

Après avoir attaché l'avion, j'attrapai mon sac à dos et me dirigeai vers l'hôtel. Normalement, j'aimais bien les weekends comme celui-là. Je pouvais me reposer, regarder la télé, bien manger et glander. C'était une vraie coupure du monde.

Mais cette fois paraissait différente. Les jours à venir, deux jours après aujourd'hui, me paraissaient longs devant moi. Je n'avais pas eu envie de quitter Holly ce matin. J'avais senti qu'elle s'était mise à réfléchir et qu'elle avait essayé d'interpréter ce que je voulais. Je savais qu'il y avait une alchimie entre nous. Bon sang, j'étais sûr que même elle devait l'avouer maintenant. Je savais aussi qu'elle voulait quelque chose de sérieux. C'était là où je n'étais pas certain de ce qu'elle voulait avec moi. J'étais l'ami de son frère depuis que nous étions enfants, et je savais dans quelle catégorie elle me rangeait.

J'éloignai ces pensées alors que je descendais les marches de cet hôtel de luxe au milieu de la campagne.

— Salut, salut, lança Dave pendant que je fermais la porte derrière moi, tapant mes bottes au sol sur le paillasson.

— Salut mec, répondis-je.

Je me penchai en avant pour défaire mes lacets et retirer mes bottes couvertes de neige. Je les laissai sur la grille placée le long du mur extérieur pour que la neige puisse fondre et être évacuée. Les bottes, manteaux et autres équipements remplissaient l'entrée.

En passant mon sac à dos sur mon épaule, je m'avançai vers la pièce principale pour retrouver Dave. Il me prit rapidement dans ses bras en me claquant une tape dans le dos. Le groupe que je venais d'amener était déjà réparti dans leurs chambres, semblait-il.

— Quel coin tu m'as gardé? demandai-je avec un petit rire.

Dave gloussa.

— Je n'ai qu'une seule chambre de libre, mec. C'est au bout du couloir, à l'étage. Tu as déjà été dans celle-là, donc tu sais où c'est.

— Ouaip, je sais bien. Tu dois avoir un autre groupe en même temps du coup, j'imagine.

Je n'avais amené que sept clients et l'hôtel pouvait en contenir vingt.

— Ouais, on a un groupe qui arrive de Fairbanks. Ils devraient être là d'ici une heure.

— Super, eh bah je vais aller poser mes affaires. Nancy est dans le coin? demandai-je.

— Bien sûr. Elle est dans la cuisine. Viens nous trouver quand tu veux. J'ai l'impression que ton groupe va aller skier cette après-midi, donc à moins que tu partes...

Dave ne termina pas sa phrase et haussa un sourcil.

Je secouai la tête en riant.

— J'ai pas besoin d'aller skier. Ça va. J'ai prévu de glander tout le weekend.

Avec un salut de la main, je me tournai au son du rire de Dave.

L'hôtel était splendide. C'était une cabine sur deux étages avec une structure en bois clair. À travers la grande porte d'entrée, qui donnait sur le lac, il y avait un grand salon avec de nombreux porte-manteaux, des emplacements pour les équipements de ski et une petite grille qui suivait tout le long du mur pour que la neige puisse fondre sans créer de flaques.

Les plafonds hauts révélaient des poutres qui allaient jusqu'à la salle principale. Là, il y avait plusieurs coins assis avec des canapés d'angle, des télévisions de chaque côté de la pièce, de belles vues par les fenêtres, et une zone centrale avec des chaises, une table de jeu et de petites tables étalées autour. Au-delà de ça, au fond de la pièce, se trouvaient deux larges tables à manger, avec une plus petite le long du mur. L'espace était pensé pour les grands groupes, avec des installations plus intimes si l'hôtel n'était pas plein. Une porte derrière moi menait à la cuisine où Nancy, la femme de Dave, préparait les repas, parfois avec de l'aide quand ils avaient de grands groupes. Étant donné qu'ils attendaient vingt personnes ce weekend, je supposais qu'ils avaient appelé des renforts.

Dave avait grandi non loin de Willow Brook et Nancy venait de Fairbanks. Ils s'étaient rencontrés à la fac. Ils avaient travaillé comme des fous pour acheter ce bout de terrain et investir l'argent nécessaire pour gérer cet hôtel de cette façon. Ils faisaient maintenant un beau profit en accueillant des touristes et aventuriers. L'hôtel n'était pas toujours plein en hiver, mais ils étaient toujours complets du printemps à l'automne.

En me dirigeant vers les escaliers qui se tenaient d'un côté de la grande salle, je grimpai les marches. L'étage était construit sur un long couloir, avec des chambres et des suites de chaque côté. Nancy et Dave avaient leurs quartiers privés en bas, après la cuisine, avec un salon, une grande chambre et une salle de bains. De cette façon, ils avaient un peu d'intimité quand ils en avaient besoin.

Je connaissais Dave depuis des années. Il était un peu plus vieux que moi et était quelques classes au-dessus au lycée, mais il revenait encore à Willow Brook de temps en temps. La chambre que Dave m'avait indiquée était juste à côté de l'escalier. C'était la plus petite de l'hôtel. Mais chaque chambre avait sa propre salle de bains, et il y avait plusieurs suites pour les familles ou les couples.

Les chambres étaient grandes et aérées avec de grands plafonds, des poutres apparentes et des murs blancs qui illuminaient l'espace. Toutes les fenêtres de cet hôtel donnaient sur des paysages de montagne et de vie sauvage incroyables. Même si ma chambre était la plus petite, elle restait luxueuse et donnait sur le lac. Après avoir posé mon sac et jeté mes affaires de toilette dans la salle de bains, je me changeai en retirant mes vêtements d'extérieur pour enfiler un jean confortable et un t-shirt.

En retournant au rez-de-chaussée, je me dirigeai vers la cuisine. En passant devant la salle commune, je vis le groupe que je venais de déposer enfiler leurs tenues de ski dans l'entrée. Quand j'entrai dans la cuisine, Nancy leva les yeux du plan de travail qui traversait la pièce, où elle s'affairait à cuisiner.

— Nate! lança-t-elle avec un grand sourire.

Ses cheveux marron étaient attachés en queue de cheval et ses yeux bleus brillaient avec son sourire. Elle posa ce qu'elle faisait, s'essuya les mains sur son tablier et fit le tour de son plan de travail pour me prendre dans ses bras.

— On ne t'a pas vu depuis des mois.

— C'est l'hiver, dis-je en haussant les épaules. Je ne viens pas dans le coin aussi souvent.

— Je sais. Tu pourrais venir juste pour un weekend si tu voulais, dit-elle en retournant couper des légumes.

Dave passa la porte arrière qui menait vers leur appartement.

— C'est ce qu'il fait ce weekend. Pourquoi est-ce qu'il le ferait gratuitement? demanda Dave avec un petit rire, passant sa main dans ses cheveux blonds.

Café? proposa-t-il en s'arrêtant à côté de la machine à café, sur le comptoir où Nancy travaillait.

— Avec plaisir.

Dave remplit deux tasses et fit le tour de la table, me faisant signe de m'installer à côté de lui, sur l'un des nombreux tabourets.

Après une gorgée de café méritée, mon esprit revint immédiatement à mon petit déjeuner, quand Holly avait insisté pour me servir un sandwich et du café. Mon cœur sursauta et je dus me forcer à penser à autre chose. Il était hors de question que je passe le weekend à me morfondre sur Holly, même si j'étais certain que c'était comme ça que ça allait se finir.

— Alors, comment ça va? demanda Nancy en sortant un sac d'oignons de sous sa table.

— Plutôt occupé, mais c'est la vie!

— Ça, c'est sûr. Tout se passe toujours bien? demanda Dave en retour.

— Oh oui. Rien de nouveau, en vrai.

Nancy leva les yeux avec un sourire malin.

— C'est un de tes weekends où tu vas te trouver une nana pour quelques jours?

Je secouai la tête.

— Euh, non. Vraiment aucune chance à l'horizon.

— Hum. Eh bien, cette nana, Gina, me demandait si tu étais célibataire, dit-elle en parlant de la passagère qui m'avait dragué.

Je m'étouffai presque avec mon café. Elle m'avait donné l'impression d'être curieuse, mais je pensais qu'elle irait un peu moins vite. Normalement, je trouverais ça drôle, mais aujourd'hui non. Je haussai les épaules.

— Je suis juste là pour passer un weekend calme, Nancy.

Dave prit une gorgée de café et leva les yeux au ciel.

— Ce n'est pas comme si je ne t'avais jamais vu te détendre, mais jamais quand quelqu'un est intéressé. T'es plus le roi des coups d'un soir?

Dave et Nancy s'étaient mis ensemble à la fac et étaient mariés depuis bien cinq ans maintenant, et ils n'avaient pas peur de se moquer de moi concernant mes habitudes romantiques. Habituellement, je le prenais bien. Mais, aujourd'hui, ça m'énervait un peu. Parce que cette image que les gens avaient de moi était exactement ce pour quoi Holly n'avait pas envie de me prendre au sérieux.

Pour la millième fois, je me mettais une claque mentale pour ma réaction bête l'année dernière après notre baiser à cette soirée. En toute honnêteté, j'avais paniqué. J'avais supposé que je n'aurais jamais ma chance avec elle et ça m'avait complètement surpris de sentir son désir réciproque. À l'époque, j'avais très envie d'elle. J'étais lourdement dans la *friendzone* dans sa tête et ce, depuis aussi longtemps que je le sache, et je ne m'attendais à rien d'autre.

La vérité était aussi que je n'étais pas prêt. Cependant, je n'allais pas expliquer tout ça à Dave et Nancy. Pas tout de suite, pas alors que c'était encore tout neuf. Je haussai les épaules et laissai la conversation suivre son cours.

Chapitre Quinze

HOLLY

— Qu'est-ce que tu veux dire? s'exclama Ella. Nate est le gars qui a dépensé cinq mille dollars pour un rendez-vous avec toi?

Mes joues étaient brûlantes, et je pris une gorgée de vin. Il n'y avait pas vraiment d'autre façon de le dire.

— Quoi? Tu ne lui as pas dit? demanda Megan, les yeux écarquillés.

J'étais à Anchorage pour dîner avec Ella et Megan. Quand Ella m'avait appelée pour m'inviter à aller faire du shopping avec elle ce weekend, j'avais sauté sur l'occasion. Alors que mes pensées sur Nate me brûlaient presque le cerveau, toute distraction était la bienvenue.

Megan rit et secoua la tête.

— Je ne sais pas pourquoi tu n'en as pas parlé. Je veux dire, ça donne l'impression qu'il y a un truc.

À ces mots, Ella plissa ses yeux verts, rangeant ses cheveux bruns derrière ses oreilles. Après un moment, elle haussa un sourcil et pencha la tête sur le côté avant de prendre une gorgée de son martini.

— Très bien, dis-je enfin. Je ne voulais pas en parler, mais oui. Nate dit qu'il m'évitait des options bien pires.

Megan termina son martini et nous regarda, Ella et moi.

— C'est ce qu'il dit, mais c'est assez évident qu'il en pince pour toi.

Ella explosa de rire et claqua sa main sur la table, ce qui attira l'attention de quelques tables autour de nous. Nous étions à Sustina Burgers & Brew, l'un de nos restaurants préférés quand nous étions en ville.

— Vraiment? On est obligées d'attirer l'attention de tout le monde? demandai-je avec un soupir.

Ella haussa les épaules avant de se remettre à rire. Après un instant, elle réussit à se contrôler.

— Non, mais c'est ultra marrant. J'ai dit ça à Caleb l'année dernière, que Nate avait le béguin pour toi, et il était d'accord avec moi, dit-elle en se penchant en avant. D'ailleurs, Caleb dit que Nate avait un gros crush sur toi au lycée aussi.

Le reste d'amusement disparut des yeux d'Ella. Ce n'était jamais facile de parler du lycée. Ces souvenirs étaient mis sous clé à cause de l'accident.

J'étais choquée, cependant. Personne ne m'avait jamais dit que Nate m'avait prêté la moindre attention à cette époque. Pour ce que ça valait, je ne pouvais pas dire que je le regardais de cette façon à l'époque. Lui et Alex étaient meilleurs potes, tout comme aujourd'hui, et mon frère jumeau me saoulait beaucoup durant ces années-là. Nate ignorait souvent les blagues d'Alex, mais je les mettais dans le même panier. Puis toute l'histoire de la mort de Jake, et du fait que nous avions presque perdu Ella...

— Vraiment? dis-je enfin.

— Je ne sais pas ce qu'il en était à l'époque, interrompit Megan. Mais ce gars avait un béguin ultra visible à la soirée de vente aux enchères. Après, faut avouer que tu étais super canon.

— Ouais, parce que tu m'as habillée du costume d'infirmière le plus cochon de tous les temps.

— Y a des photos? demanda Ella avec un clin d'œil vers Megan, assise à côté de moi.

— Oh oui. Tu veux les voir? renchérit Megan.

— Bon Dieu, ne commence pas, marmonnai-je, même si j'étais heureuse qu'on ne s'attarde pas sur le lycée.

Ce sujet était comme un bleu. Quel que soit le temps passé, la vieille douleur était toujours là.

— C'était pour la bonne cause, et je le referais.

— Revenons au point le plus important, vous avez fini par aller dîner ensemble ou pas? demanda Ella.

— Ouais, il a payé cinq mille balles quand même, dit Megan, les yeux écarquillés. C'était le record.

Je levai les yeux au ciel, lançant une grimace à Ella.

— Le prix est monté, je suis sûre qu'il n'a pas commencé par ça.

— Peut-être pas, mais c'était évident qu'il était prêt à le payer, dit-elle en levant encore une fois les yeux.

Je savais qu'Ella était sans doute un peu vexée que je lui aie caché cette histoire, mais, pire encore, j'avais maintenant l'impression de porter un lourd secret. Même si je ne lui avais pas parlé de ce rendez-vous hypothétique, ce n'était pas un grand secret puisqu'il n'était jamais arrivé.

Je n'en étais jamais venue à lui avouer ma virginité tardive. Il y avait toujours des choses plus importantes. Bon sang, après tout ce qu'il s'était passé au lycée, certaines choses sont tombées de côté. Puis Ella était partie loin pendant des années, et c'était une conversation qui n'était simplement jamais venue.

En plus, je trouvais ça un peu gênant. Quoi qu'il en soit, maintenant, j'avais été un peu plus loin avec Nate. Il y avait beaucoup de choses que je n'avais pas dites, Nate ou pas Nate, je ne savais pas vraiment quoi faire de tout ça. Je n'étais également pas certaine de vouloir en parler. Mais j'avais besoin de conseils. Désespérément.

Puisque nous dormions dans un hôtel au bout de la rue et que nous avions marché jusqu'au restaurant, je fis signe à la serveuse et commandai une autre tournée de martinis. Heureusement, une amie que Megan connaissait et qui habitait dans le coin passa par là et s'arrêta à notre table pour nous dire bonjour. Le temps que tout cela se termine, notre seconde tournée arriva, et je pris plusieurs gorgées pour me donner du courage.

— Bon, je pense qu'il faut juste que j'avoue tout. Je ne suis toujours pas allée dîner avec Nate, mais j'ai passé la nuit avec, dis-je platement.

Megan était au milieu d'une gorgée de martini et cracha un peu avant de s'en remettre. Le regard noir d'Ella se tourna vers moi.

— La nuit?

— Sexe, offris-je platement comme clarification.

Megan venait de prendre une autre gorgée et se mit à tousser. Je lui tendis une serviette alors qu'Ella me fixait du regard, les yeux écarquillés.

— Oh bon sang, marmonna-t-elle enfin.

— Pourquoi tu dis ça comme ça?

Mon ton sortit plus sec que prévu mais je me sentais stressée et sur la défensive. J'imaginais qu'Ella s'inquiétait du fait que Nate me traiterait comme toutes les autres femmes, quelqu'un qui satisfait ses besoins un temps. Je ne voulais pas décrire Nate comme un connard. Ce n'en était pas un. Il évitait les relations sérieuses et s'intéressait aux femmes qui voulaient bien jouer ce jeu.

Coucher avec une amie de notre petit groupe était un nid à complications, et je le savais très bien.

Ella prit une gorgée mesurée de son verre, ses épaules montèrent et descendirent au rythme de son souffle.

— Caleb pensait que Nate t'aime bien depuis des années, mais ça ne change pas le fait que Nate est du genre volage. Je ne veux pas que les choses se compliquent. Tu es ma meilleure amie.

— Ce n'est pas comme si je ne m'étais pas lancée là-dedans en toute connaissance de cause, dis-je enfin, abandonnant rapidement mon idée de demander des conseils sur les sentiments qui grandissaient en moi.

Car, bon sang, il y en avait, des sentiments. Je n'arrivais plus à cesser de penser à Nate depuis notre nuit ensemble et la matinée qui s'était ensuivie. Ses mots à son départ hantaient mon esprit.

« On est loin d'en avoir terminé. »

Le regard de Megan redevint sérieux.

— Tu sais, ce n'est pas comme si je connaissais Nate si bien que ça. Pas aussi bien que toi, dit-elle en lançant un regard à Ella avant de revenir sur moi. Il t'aime bien, ça c'est sûr, mais, moi, je n'ai pas eu l'impression que c'était volage. J'ai eu l'impression qu'il tenait vraiment à toi.

Je haussai doucement les épaules, tentant de rester nonchalante.

— Je ne sais pas ce que Nate pense. Il y a une alchimie, c'est certain. Ce n'est pas comme si j'étais incapable de me gérer. Je n'ai aucune attente.

Mon esprit me hurlait dessus en tapant du pied et

mon cœur battant fort, l'opposé de mes mots. J'en voulais plus – tellement plus – avec Nate, et il fallait que je fasse très attention, que mes attentes soient très claires.

— Je ne sais pas. J'imagine que je vais devoir improviser. Ne t'inquiète pas, ajoutai-je en regardant Ella. Je suis une grande fille. Ce n'est pas comme si j'avais oublié que don Juan est le deuxième nom de Nate. C'était juste une nuit. Je ne vais pas suranalyser.

Ella ouvrit la bouche pour dire quelque chose puis se tut, serrant les lèvres. Après un long moment, elle sembla revenir sur son silence et dit :

— Je pensais que tu voulais quelque chose de sérieux avec quelqu'un.

— Eh bah, ça viendra quand ça viendra. Tout le monde ne trouve pas ce que tu as avec Caleb.

Quelque chose s'agita au fond des yeux d'Ella. Je savais qu'elle regrettait d'être restée si loin de Willow Brook pendant si longtemps, renonçant presque entièrement à toute chance avec l'amour de sa vie. Elle hocha enfin la tête et prit une autre gorgée de son martini. Je savais qu'elle voulait dire plus, mais elle avait clairement décidé de se taire. Je n'allais pas avouer à quel point je fantasmais sur Nate depuis notre baiser de l'année dernière. J'avais fait très attention à ne jamais être seule avec lui, de peur de tomber amoureuse de lui. Il fallait que je me rappelle le fait que je ne pouvais m'attendre à rien de plus qu'un plan cul avec lui.

Megan trouva mon regard, et je vis l'inquiétude dans ses yeux. Je n'avais pas envie que mes amies s'inquiètent pour moi. Après tout ce que j'avais traversé, j'avais appris à être forte et indépendante. Je n'allais pas m'effondrer simplement parce que j'étais assez bête pour vouloir et avoir besoin d'un homme qui ne me renverrait sans doute jamais la pareille. Très bon jugement en action.

Megan changea rapidement de sujet. Après une autre tournée, Ella et moi retournions à l'hôtel alors que Megan nous disait au revoir avant de monter dans un taxi qui la ramènerait à son appartement. Quand on arriva à notre chambre d'hôtel et qu'on se retrouva en pyjama, soit des joggings et t-shirts trop grands, on s'installa sur le canapé pour regarder la télévision.

Elle me surprit en prenant la parole.

— Tu tiens vraiment à lui, hein?

Elle me connaissait bien trop pour que j'essaie de lui mentir. Je ne m'y attendais pas et j'étais un peu pompette après quelques martinis. Je roulai la tête sur le côté alors que mon cou était étiré sur l'arrière du canapé, et je trouvai ses yeux inquiets.

— Peut-être, mais ça va aller. Ne t'inquiète pas pour moi. C'est moi qui m'inquiète dans la vie. Ne me vole pas mon boulot.

Ça avait été mon rôle pour une grande partie de notre amitié. On avait toutes les deux été très marquées par l'accident, mais Ella était au volant de la voiture. Et même si l'accident avait été entièrement de la faute du conducteur qui nous était rentré dedans, la culpabilité d'avoir survécu lui avait pesé lourdement sur les épaules, et sur Caleb et moi, qui étions aussi dans la voiture.

Elle sourit doucement, avec un rire grave dans cette pièce silencieuse.

— Peut-être, mais j'ai le droit de m'inquiéter, dit-elle d'une voix ferme. Et je botterai le cul de Nate s'il te fait du mal.

Chapitre Seize

NATE

C'était un dimanche soir et j'étais soulagé de rapatrier ce groupe le lendemain matin. La météo était clémente, donc j'espérais décoller au lever du soleil. Être un peu plus au nord voulait dire que le soleil se lèverait un peu plus tard. Mon estimation, confirmée par Dave, était que nous serions dans les airs à 9 h.

Je déposais ce groupe à Anchorage mais, ensuite, je ramenais mon avion à Willow Brook. Le groupe avait passé le weekend à skier, n'apparaissant à l'hôtel que le soir. Dave, Nancy et moi-même étions installés devant la cheminée, sur l'un des petits groupements de chaises dans la grande salle commune. La télévision faisait un bruit de fond tandis que Dave et moi terminions une manche de rami.

La porte d'entrée de l'hôtel s'ouvrit, suivie par les voix du groupe qui rentrait. Après avoir accroché leurs manteaux et secoué la neige de leur équipement, ils se dirigèrent vers l'étage pour prendre leurs douches. En peu de temps, la plupart d'entre eux étaient de retour en bas où l'on partageait un dîner détendu à base de pizzas, faites par Nancy.

Après la fin du repas, on profita du feu un peu plus longtemps avec des verres. Outre la femme célibataire que j'avais transportée depuis Anchorage, il y avait une autre femme dans le groupe venu de Fairbanks qui flirtait avec moi. Encore une fois, ça ne me faisait absolument rien. Ça m'énervait même un petit peu. Non pas que ça m'ait déjà dérangé par le passé, mais il y avait un fil rouge chez les femmes qui venaient en vacances en Alaska à la recherche d'un homme, et c'était l'homme musclé, bien monté, qui coupait du bois dans la forêt. C'était un cliché, et l'Alaska ne faisait que l'alimenter. Il y avait quelques séries télés, les calendriers, et tout un magazine dédié à ce stéréotype.

Comme je ne cherchais rien de sérieux d'habitude, cette étiquette me servait bien. Pour la première fois de ma vie, ces attentions m'énervaient. J'avais envie de m'en débarrasser. Après avoir réussi à repousser doucement les tentatives d'une des femmes, elle se détourna avec un clin d'œil.

Le gloussement de Dave atteignit mes oreilles, et je lui jetai un coup d'œil.

— Quoi? demandai-je.

Nancy se pencha pour attraper sa bière sur la table basse et secoua la tête.

— Tu n'as jamais manqué de femmes autour de toi, mais, cette fois, ça a l'air de t'agacer. Tu vois quelqu'un?

Je ne savais honnêtement pas quoi répondre. J'avais beaucoup apprécié ma visite chez Dave et Nancy. C'étaient de vieux amis et des gens bien. Ils avaient également peu de problèmes, ce qui était chouette. Ce weekend avait été différent. Je n'avais pas pu détourner le regard du confort facile qu'ils partageaient ensemble, et de la profondeur de leur amour et relation, qui apparaissait comme une évidence.

Ils étaient ensemble depuis plus de dix ans maintenant, et tout était encore frais. Il n'y avait qu'une seule femme qui m'avait donné envie de ce genre de confort, et c'était Holly. J'avais complètement sous-estimé la vitesse à laquelle elle enroulerait un lasso autour de mon cœur, le serrant fort.

Quand Nancy toussa un peu, je réussis à hausser les épaules, nonchalamment.

— Pas vraiment, mais j'en ai un peu marre de papillonner, parfois.

Ils connaissaient tous les deux Holly, mais je n'avais aucune envie de parler de ça tout de suite. Ce qu'il se passait entre nous était trop nouveau et je n'osais pas en parler. Pas avant d'avoir une meilleure idée de là où nous en étions. L'une des choses que j'avais toujours adorées chez Holly était son sens de l'humour piquant et sa force. Elle n'avait jamais été du genre à laisser tomber, et elle était indépendante comme tout. Ces qualités que j'admirais tant me forçaient à ralentir. Je m'étais engagé sur un terrain dangereux où elle me voyait comme un homme plus que comme un ami.

Dave gloussa.

— Eh bah, bon sang. Quelque chose me dit que tu vas avoir envie de te caser bientôt.

Oh, bon sang. J'adorais avoir des amis qui me connaissaient depuis l'enfance, le genre d'amis sur lesquels on pouvait compter, quoi qu'il arrive. Mais je n'aimais pas avoir des amis qui y voyaient si clair dans mon petit jeu. Avec un autre haussement d'épaules, je répondis :

— Peut-être.

Nancy explosa de rire en me donnant un petit coup de pied dans le genou.

— J'ai toujours dit que tu ferais un très bon mari.

Pas pour moi, mais j'ai toujours pensé que c'était du gâchis.

— Du gâchis?

— Toi, que tu perdais ton temps avec toutes ces femmes. C'est tout. T'es un gars bien, expliqua-t-elle.

À ce moment-là, deux couples s'approchèrent et la conversation passa à autre chose. Non pas pour me déplaire, devais-je ajouter.

Ce soir-là, allongé dans mon lit avec une vue parfaite sur les étoiles qui perçaient le ciel sombre, Holly s'empara de mes pensées et de mes sens.

J'avais couché avec beaucoup de femmes dans ma vie. Mais rien n'aurait pu me préparer à cette nuit avec Holly. Cette nuit avait porté plus d'une nouveauté. Holly avait été au centre de beaucoup trop de mes fantasmes au fil des années. Les voir se réaliser avait chamboulé mon monde. C'était aussi la première fois que nous nous laissions aller à l'intimité qui avait tissé sa toile autour de nous, nous rapprochant de plus en plus. Je n'étais en aucun cas prêt pour ça.

L'autre nouveauté, celle qui m'avait tenu éveillé toutes les nuits depuis, était que je n'arrivais pas à me la sortir de la tête. La sensation de son antre soyeuse se serrant autour de moi, le son de sa voix sifflante, la profondeur de ses gémissements, le toucher de sa peau humide contre la mienne et ses courbes généreuses contre moi – tout cela rassemblé dans la nuit la plus chaude de ma vie.

J'avais vraiment sous-estimé ce que ça me ferait d'être avec elle. J'avais réellement mal calculé le potentiel et les complications terribles si tout cela se finissait mal.

Elle m'avait détruit, aucune autre femme ne lui arriverait jamais à la cheville.

Cette nuit-là, seul dans un lit au milieu de nulle

part en Alaska, avec rien d'autre que l'obscurité, les étoiles, les montagnes et l'air glacé de l'hiver autour de moi, ma queue palpitait rien qu'en repensant à ce que ça faisait d'être avec elle.

Je repoussai la couverture et me dirigeai vers la salle de bains. Une douche froide et ma propre main me soulagèrent un peu. Mais ça ne répondit pas à mon besoin. Ça n'avait qu'à peine entamé l'envie.

———

L'après-midi suivante, le soleil commençait à descendre dans le ciel quand je m'envolai à nouveau, décollant d'Anchorage en direction de Willow Brook. J'étais pressé de partir depuis des heures, mais une suite d'évènements m'avait ralenti après notre atterrissage à Anchorage. Le chemin du retour était rapide. Une vingtaine de minutes dans les airs et je voyais déjà l'océan s'étendre d'un côté, les montagnes de l'autre, la vallée s'ouvrir et le lac Swan briller sous le coucher de soleil doré et orangé.

Peu de temps après, j'atterrissais sur une petite piste en périphérie de la ville avant de ranger mon avion dans le hangar. Le bruit de la porte résonna dans la caverne qu'était mon hangar.

— Nate, lança la voix de Caleb.

En enfilant mon sac à dos sur mon épaule, je fis le tour de l'avion.

— Salut mec, quoi de neuf? demandai-je alors qu'il s'approchait.

Caleb et moi nous ressemblions. Ses cheveux bruns étaient ébouriffés, sans doute après une journée chargée à éteindre un incendie quelque part ou à sauver quelqu'un. Mon grand frère était un vrai stéréo-type du pompier héroïque. J'adorais le charrier à ce sujet, mais je n'aurais jamais voulu qu'il change d'un poil.

Caleb s'arrêta près de l'avion et je posai mon sac au sol, m'appuyant contre la porte du cockpit.

— Pas grand-chose. J'ai vu ta voiture et je me suis dit que j'allais te proposer de me rejoindre au Wild-lands avec les gars pour un verre.

En temps normal, j'aurais dit oui facilement. J'étais à bout et me détendre avec des amis me ferait du bien. J'étais bien trop pressé d'arriver ici pour voir Holly. Je voulais me diriger directement vers chez elle, sauf que je mourais de faim. Mais un besoin dominait l'autre. Il fallait que je voie Holly. Au plus vite. Mon besoin de la voir semblait plus vital que l'air, l'eau ou la nourriture. Je croisai le regard de Caleb et secouai la tête.

— Il faut que je passe à la maison me doucher. Je suis mort.

Je mentais ouvertement. Je m'étais douché ce matin. Même si je ne mentais pas sur le fait d'être fatigué, j'étais loin d'être trop fatigué pour aller trouver Holly, avec l'intention claire de me retrouver peau à peau avec elle dès que possible.

Si Caleb avait remarqué quoi que ce soit, il l'ignora et haussa simplement les épaules.

— Ça marche.

Je me détachai de l'avion, me penchant en avant pour attraper mon sac encore une fois. On se dirigea vers la sortie en silence. Je sentais que Caleb pensait à quelque chose, mais je ne savais pas à quoi. Après avoir fermé le hangar, on se dirigea vers nos voitures ensemble. Il s'arrêta du côté passager de la mienne pendant que j'ouvrais ma porte pour jeter mon sac sur le siège.

— J'imagine que je devrais te prévenir qu'Ella te

bottera le cul, et c'est elle qui l'a dit, si tu fais du mal à Holly, dit Caleb platement.

Oh merde. Ça ne pouvait vouloir dire qu'une seule chose. Holly avait dû parler de nous à Ella.

Je me tournai, fermant la porte et posant la main sur le capot alors que je regardais Caleb.

— Elle me bottera le cul, hein? contrai-je.

Caleb retint son rire et acquiesça. Il n'ajouta rien d'autre et je supposai qu'il attendait que je dise quelque chose.

— Écoute, je ne sais pas ce qu'Ella sait...

Je laissai ma phrase en suspens quand Caleb me lança un grand sourire.

— Eh bien, elle sait que tu as couché avec Holly, parce que j'ai eu le droit à tout un monologue sur le sujet. Et laisse-moi te dire que la dernière chose dont j'avais envie c'était d'une leçon sur la vie sexuelle de mon frère.

— Oh bordel, marmonnai-je en passant ma main dans mes cheveux.

— Mec, je veux pas savoir les détails. Mais tu connais Ella. Elle est protectrice et ne veut pas que Holly souffre. En plus, elle pense que Holly veut quelque chose de sérieux et n'est pas sûre que ce soit une bonne idée que vous couchiez ensemble. Encore une fois, pas mes affaires, mais je vois ce qu'elle veut dire. Tu n'es pas vraiment du genre à chercher du sérieux. T'as toujours été comme ça.

En regardant Caleb, je soupirai.

— Je sais. C'est différent avec Holly. Elle compte pour moi. Mais je ne suis pas certain qu'elle me croie.

Je n'arrivais pas à croire que j'étais en train de parler de ça avec lui. Ce n'était pas comme si mon frère et moi ne parlions jamais de choses sérieuses. On avait toujours été proches. Et avec tout ce que Caleb avait traversé après cet accident au lycée, nous étions habitués aux sujets lourds. Il y avait eu des vrais moments difficiles que nous avions traversés ensemble.

La vérité, quand j'étais au lycée, était que je n'avais dit à personne que j'en pinçais pour Holly. Cet accident qui nous avait appris, à mon frère et moi, à parler des choses difficiles avait également rendu certains sujets complètement tabous.

Et comme je m'étais contenté de relations légères après ça, nous n'avions jamais parlé d'amour ensemble. Quand je croisai son regard, je vis un mélange de compréhension et une pointe d'amusement.

— Vas-y, rigole, dis-je en lui faisant un signe de main avant de m'appuyer sur ma voiture.

Caleb gloussa.

— Est-ce que Holly est au courant?

— Au courant de quoi?

— Que tu veux quelque chose de sérieux?

En levant la tête vers le ciel, je pris une profonde inspiration avant de souffler et de retrouver le regard de Caleb.

— Je ne pense pas.

Caleb secoua la tête.

— Eh bien, tu sais exactement ce que tu as à faire. Sans parler d'Alex, je ne sais pas ce qu'il va penser de tout ça.

Je grognai.

— La même.

— Ouais, mais c'est la sœur jumelle de ton meilleur pote. Et t'as une réputation. Tu devrais peut-être lui parler avant qu'il ne se fasse une fausse idée.

— Ouais. C'est pas faux. Mais je ne peux pas vraiment lui en parler sans m'assurer que Holly est d'accord. Elle m'arrachera les bras si je commence à en parler sans son feu vert. Même si, apparemment, elle a le droit de ragoter avec ses amies, elle, marmonnai-je.

Caleb gloussa.

— En parler à sa meilleure amie, c'est pas vraiment la même chose que de balancer des ragots. Je passerais à autre chose si j'étais toi. Tu sais qu'Ella ne dira rien à personne. Elle m'en a parlé juste parce qu'on est mariés. Et parce qu'elle pensait que je te surveillerais, j'imagine. Je vais devoir lui dire qu'elle n'a pas à s'inquiéter.

En regardant Caleb, je haussai les épaules.

— Ça, non.

Il resta silencieux, le regard réfléchi. Après quelques secondes, il rit à nouveau.

— Eh bah à bientôt alors. Maman et papa veulent faire un dîner ce weekend, tu viens? demanda-t-il en se retournant vers sa voiture.

— Bien sûr. On se voit là-bas si on ne se croise pas plus tôt.

Chapitre Dix-Sept

NATE

Je pris la grand-rue dans le centre de Willow Brook. Je ne savais pas si c'était complètement fou, mais j'allais voir Holly. Tout de suite.

Quand je me garai derrière son immeuble et coupai le moteur, je restai assis en silence un instant. Le désir coulait déjà dans mes veines et mon impatience de la voir, de me perdre en elle, me contrôlait.

Je n'avais aucune idée de ce à quoi je pouvais m'attendre avec elle, ou de si elle avait envie de me voir. En sortant de mon pickup, l'air froid de l'hiver me soulagea presque. La brûlure du vent se confronta à mes sens et je l'accueillis.

Je frappai à la porte de sa cuisine et attendis. Je supposais qu'elle était chez elle parce que sa voiture était garée là, mais elle aurait pu également être au Firehouse Café ou au Wildlands. Je connaissais ses coins préférés en ville, car je la connaissais depuis toujours.

Il y eut juste assez de temps entre mon coup à la porte et le bruit de ses pas qui s'approchaient pour que je me demande si elle était là. Une déception s'écrasa sur moi.

Quand je l'entendis approcher, je soupirai, relâchant la respiration que je retenais sans m'en rendre compte. Il y avait un judas sur la porte et je vis son œil passer à travers la lentille. Je savais qu'elle n'était pas une fan des visites improvisées et je me demandais si elle allait simplement m'ignorer. Il était clair qu'elle ne s'attendait pas à me voir quand elle ouvrit la porte. Elle portait un long t-shirt qui lui arrivait à mi-cuisse et une paire de chaussettes épaisses en peluche, une rose et une bleue. Je retins un rire parce que je savais que, quand Holly était petite, elle se retrouvait toujours avec des chaussettes dépareillées. C'était tout elle de ne pas s'embêter avec ce genre de détails.

Ses joues étaient roses et ses yeux marron écarquillés, ça me demanda toute ma force de ne pas l'embrasser immédiatement.

— Salut, dis-je après un silence lourd.

Holly me regarda sans rien dire, sa langue passant lentement sur sa lèvre inférieure, lançant une décharge électrique vers ma queue déjà gonflée. Je ne voulais même pas réfléchir à ce que ça voulait dire que le simple fait de penser à Holly en conduisant jusqu'à chez elle me faisait bander. Elle me donnait l'impression d'être un ado hors de contrôle. Quand il s'agissait d'elle, je ne pouvais pas me retenir. Mes yeux descendirent sur son corps car j'étais affamé et j'avais besoin de la regarder. Ses tétons étaient tendus, visibles à travers son t-shirt en coton.

Le reste de son corps charnu était caché mais mon esprit se le rappelait. Je connaissais la douceur de sa peau sous mes mains et la sensation de sa chair quand je m'agrippais à elle, et je savais maintenant qu'elle avait des taches de rousseur partout.

Il y avait quelque chose que j'avais appris sur elle quelques nuits plus tôt. Elle avait des taches de rousseur presque effacées sur son nez et ses joues, mais elle avait des grains de beauté partout sur le corps, comme une carte de constellations qu'il me fallait explorer. Parce que j'avais besoin, oui, besoin, de connaître chaque centimètre d'elle.

— Salut, répondit-elle tardivement. Qu'est-ce que tu fais là?

Question justifiée. Je ne réfléchis même pas, ma réponse m'échappa simplement.

— Je viens de rentrer. J'avais envie de te voir.

Un souffle de vent froid s'engouffra à travers sa porte ouverte. Elle frissonna.

— Je peux entrer?

— Oh, bien sûr.

Elle recula, ouvrant la porte plus grand pour me laisser passer. Son odeur arriva jusqu'à moi, douce et brute, tout comme elle.

En fermant la porte derrière nous, elle se retourna, restant plantée juste à côté de la porte. Elle croisa les bras et demanda :

— Comment s'est passé ton voyage?

— Bien.

Mots, émotions et désir se battaient pour prendre possession de mon cerveau. Le désir gagna. Je n'étais pas capable d'avoir une conversation polie.

L'air me paraissait chargé d'électricité. Il y avait moins d'un mètre entre nous, et mon besoin de la toucher battait un moi comme un tambour. Je ne voulais pas parler. Mon bon sens essaya de prendre le dessus mais se retrouva effacé par le désir sauvage. Je tendis le bras, attrapant sa main.

Si elle avait hésité, même rien qu'une seconde, je suis certain que je me serais repris. Mais elle n'hésita pas. Sa main s'enroula autour de la mienne alors qu'elle détendait ses bras et que je m'approchais. Je voyais le battement fou de son pouls dans son cou.

En m'approchant, je relâchai sa main pour écarter ses cheveux de son visage, mes doigts passant le long de ses mèches soyeuses jusque dans son dos pour aller chercher ses fesses rondes. Elle rougit encore, se collant contre moi, son souffle sifflant entre ses dents.

— Qu'est-ce que tu fais, Nate?

— Tu m'as manqué, murmurai-je, mes lèvres caressant sa joue.

Je mordillai son oreille, savourant le petit frisson qui la parcourut et la sensation de sa peau qui réagissait à mon toucher.

Elle gémit quand mes dents visitèrent la peau douce de son cou. Je sentais presque le bond de ses pensées dans son cerveau. C'est là que je la sentis cesser de penser. Je passai ma langue le long de son cou, me délectant de la sensation de ses tétons durs contre mon torse à travers le coton fin de nos t-shirts. Quand je me dirigeai vers ses lèvres, elle soupira, relaxant son corps entier.

Notre baiser était un point de contact brûlant, comme un éclair sur de l'herbe sèche. Le feu prit immédiatement. Notre baiser s'enflamma, sa langue s'emmêlant avec la mienne alors qu'un grognement grave la traversait. Je la tins fort contre moi, caressant ses fesses et balançant ma bosse contre le creux de ses hanches.

Holly avait son propre palais dans ma tête. Je n'avais pas réalisé ce que ça me ferait d'être à nouveau avec elle. J'étais trop pris dans le désir sauvage et l'instinct animal pour que ce soit quoi que ce soit d'autre que primitif. Holly résonnait dans chaque parcelle de mon corps. Une sensation de soulagement me traversait en sentant la profondeur de sa réponse, intense et nourrissant ce feu qui menaçait de nous avaler.

Elle arracha mon manteau, et je le jetai loin, passant la main dans mon dos pour retirer mon t-shirt. Je reculai juste assez longtemps pour attraper le bord de son haut et le passer au-dessus de sa tête, le jetant au sol pour le faire rejoindre le mien.

Mes yeux descendirent sur son corps complètement nu, sans même une culotte. Enfin, à part ses chaussettes, qui étaient vraiment adorables.

— Bon sang, Holly, tu te balades sans culotte?

Elle gémit quand je tendis la main pour l'enfouir entre ses cuisses, pour sentir la chaleur humide qui s'y trouvait. Sa peau était rougie partout. En plongeant la tête, j'attrapai l'un de ses tétons dans ma bouche, enroulant ma langue et le suçant vite et fort, savourant le pincement de ses mains tirant sur mes cheveux, s'agrippant alors qu'elle criait.

Elle était trempée, son désir couvrait mes doigts alors que je jouais entre ses plis. En levant la tête, je croisai son regard.

— Tu es trempée.

Quand je plongeai deux doigts en elle, profondément, elle gémit.

— Oh, bon Dieu, Nate.

— Dis-moi quelque chose, murmurai-je.

— Quoi?

Je m'approchai un peu plus, sa tête se heurta à la porte alors que je faisais des va-et-vient avec mes doigts.

— Je t'ai manqué?

Son regard soutint le mien, ses yeux s'écarquillant avec une pointe de témérité têtue que j'adorais tant. Quand elle ne répondit pas, je retirai mes doigts, la provoquant à l'entrée de sa profondeur. Puis, je les enfonçai profondément en elle et elle cria.

— Oui! hurla-t-elle presque.

Je m'enflammai. Je savais que ce serait chaud et rapideme, mais il me la fallait, tout entière. Tout de suite. Avec une main pour stabiliser ses hanches, je m'étalai à genoux devant elle. Enroulant une de ses jambes sur mes épaules, j'enfouis mon visage entre ses cuisses. Elle était salée, sucrée et trempée, j'en explosai presque dans mon jean. Ma queue s'écrasait contre ma braguette, mais j'avais besoin de ça d'abord. J'avais besoin de la sentir jouir dans ma bouche.

En la baisant doucement avec mes doigts et en explorant chaque centimètre d'elle avec ma langue, je sentis qu'elle était au bord de l'orgasme en une flopée de secondes.

— Oh mon Dieu! Oh mon Dieu, ne t'arrête pas, m'ordonna-t-elle.

Quand je passai mes dents sur son clitoris, mon nom s'échappa de ses lèvres en un cri alors que ses hanches se cambraient contre ma bouche, son corps entier se tendant et frissonnant. Je n'attendis pas, je reculai rapidement, libérant ma queue et la soulevant contre moi, en utilisant le mur pour la soutenir.

J'attrapai ma queue dans ma main, la passant dans ses plis humides, m'arrêtant pour reprendre mon souffle. C'était là, alors que je passais ma queue contre son clitoris gonflé, que je me souvins que je n'avais même pas pensé à vérifier si j'avais des préservatifs sur moi.

— Merde, marmonnai-je en commençant à reculer.

Les jambes de Holly se resserrèrent autour de moi, me maintenant là où j'étais.

— Où tu vas?

Je fouillai la poche arrière de mon jean à moitié sur

mes jambes, me disant que j'avais sans doute quelque chose dans mon portefeuille. Je vis le moment de réalisation dans ses yeux et ses lèvres s'étendirent en un sourire.

— Je suis infirmière. J'ai une contraception et je suis complètement saine.

Mon regard trouva le sien. Je n'avais jamais couché avec qui que ce soit sans préservatif. J'avais été la cible du discours de mon père sur le sexe avant même la fin de mon collège.

— Je n'ai jamais couché avec qui que ce soit sans préservatif, dis-je enfin.

Le sourire de Holly s'étendit et elle posa sa tête contre le mur. Alors que ses cheveux étaient ébouriffés et encadraient son visage, que ses yeux marron étaient pleins de désir, ses lèvres gonflées de nos baisers, elle était tellement sexy que ça prenait tout ce que j'avais pour ne pas plonger en elle.

— Évidemment, dit-elle avec un rire rauque. Tu es un bon garçon.

Son regard reprit son sérieux.

— Baise-moi.

Je découvris immédiatement que, quand ils venaient de Holly, j'aimais beaucoup suivre des ordres. Alors que mon jean tombait sur mes hanches et qu'elle ne portait que ses chaussettes colorées, j'ajustai mon angle d'entrée et plongeai en elle.

Son centre humide et chaud était tellement bon, j'eus besoin de rester immobile et de compter jusqu'à dix pour ne pas exploser immédiatement.

Chapitre Dix-Huit

HOLLY

La voix rauque de Nate me força à ouvrir les yeux. Nos regards se trouvèrent. Avec mon dos collé à la porte, le bois froid contrastait lourdement avec la chaleur pressée contre moi. La sensation d'être remplie par Nate était si délicieuse que j'arrivais à peine à réfléchir au-delà du plaisir qui montait en moi.

Il resta immobile quelques secondes avant de balancer ses hanches, doucement, dans le creux des miennes, lançant des éclairs de plaisir dans mon centre, qui voyageaient dans mes veines. Je ne m'attendais pas à le voir ce soir. Même si je ne l'aurais admis à personne, je comptais les jours, les heures, les minutes et les secondes depuis son départ. Ce qui était parfaitement ridicule.

Je ne m'étais jamais considérée comme le genre de femme qui attendrait péniblement le retour d'un homme. Il n'était parti que quelques jours. J'avais espéré que mon passage à Anchorage m'occuperait. Raté. J'avais été occupée dans le sens pratique du mot. Mais Nate n'avait pas quitté mes pensées une seule fois. Même pas un petit peu. Il était toujours là, à attendre au détour d'une idée. Mon esprit et mon corps avaient fait tourner en boucle la nuit que j'avais passée avec lui sans doute plus d'une centaine de fois pendant les trois jours qui nous avaient séparés.

J'avais l'impression qu'il était tatoué sur ma peau et enfoui dans mes sens. L'avoir là, maintenant, à me baiser contre cette porte, était tout ce dont j'avais rêvé et plus encore.

Tandis que son regard soutenait le mien, il ajusta ma position dans ses bras. Il me soulevait sans problème, ce qui n'était pas vraiment une surprise. Depuis que mon corps s'était accordé à celui de Nate, j'étais bien trop consciente d'à quel point il était musclé, tout en force définie et masculine. À l'instant, il avait une main sur mes hanches et l'autre sous mes fesses. Son torse nu caressait mes seins, et je réalisai que j'aurais pu jouir rien qu'avec cette sensation. Il se recula encore et plongea à nouveau en moi, me soulevant un peu plus haut contre la porte.

— Alors, murmura-t-il, son regard brûlant le mien, écartant les dernières barrières que j'avais, si fragiles soient-elles. Voilà le problème. Je n'ai pas cessé de penser à toi tout le weekend. L'autre nuit est loin d'être la dernière. Ça...

Il s'arrêta, ses hanches faisant des va-et-vient, le glissement de sa queue en moi m'arrachant un gémissement.

— ... c'est ce qu'on fait maintenant, plus tard et sans doute demain matin. Dis-moi que tu n'en as pas envie.

Après une respiration saccadée, il plongea ses hanches une fois de plus, me remplissant et m'étirant si délicieusement que j'arrivais à peine à respirer. Depuis tout ce temps, je rêvais de Nate, mais je n'avais jamais imaginé que ça pourrait être comme ça. Avec chaque coup de butoir dans mon centre mouillé, son corps caressait mon clitoris, envoyant une étincelle dans mon centre nerveux.

Même si j'étais encore vierge quelques jours plus tôt, je n'étais pas complètement inexpérimentée, je n'étais simplement jamais allée jusqu'à la pénétration. Mais, même sans ça, je savais sans aucun doute que je n'avais jamais ressenti quelque chose qui arrivait à la cheville de ce que je ressentais avec Nate.

Ses doigts experts et sa bouche m'avaient fait décoller encore une fois ce soir et, maintenant, ses mots et sa queue me poussaient au bord du gouffre alors que la pression de mon orgasme augmentait. Mes jambes étaient enroulées autour de lui comme si ma vie en dépendait alors que je courais vers mon propre plaisir.

— Tu n'as pas répondu, murmura-t-il en plissant les yeux.

Je le regardai à travers un nuage de luxure.

— Dis-moi que tu en as autant envie que moi.

Le grognement rauque de sa voix me faisait frissonner chaudement, une douce brûlure naissant en mon centre.

— Bien sûr que j'en ai envie, murmurai-je enfin avec un cri grave après un gros coup de reins.

— Regarde-moi, murmura Nate, le son de sa voix mettant mes nerfs à vif.

Je me forçai à ouvrir les yeux pour rencontrer son regard sombre et décidé. Je ne savais pas comment interpréter ce que je voyais dans ses yeux.

Je ne me souvenais pas d'un temps où je ne connaissais pas Nate. Et, pourtant, ce qui se passait entre nous depuis quelques jours était un si grand changement dans notre lien l'un à l'autre que j'avais l'impression que nous étions dans un autre monde. Il ajusta ma position dans ses bras, me soulevant plus haut contre la porte pour plonger encore en moi. Alors que son regard marquait le mien, mon cœur battait fort dans ma poitrine. Sa force et sa chaleur m'englobaient. J'avais l'impression que nous étions seuls au monde, pris dans une toile d'intimité, de besoin et de plaisir pur.

Mes yeux commencèrent à se fermer alors qu'il reculait, avec un mouvement lent qui lançait des étincelles de plaisir partout en moi.

— Regarde-moi, murmura-t-il encore, un ordre chaud donné d'un ton clair.

Une étincelle explosa en moi. J'avais envie de le contrer. J'ouvris les yeux, je trouvai son regard alors qu'il restait immobile, le gland de sa queue jouant avec mon entrée.

— Et si je dis non?

Un coin de sa bouche se redressa en un sourire, la chaleur de son regard me brûlant toujours.

— Je ne te donnerai pas ce que tu veux jusqu'à ce que tu acceptes, contra-t-il.

Je commençai à répondre mais il plongea en moi, et ce que j'avais voulu dire disparut dans un long gémissement.

— Je veux que tu saches exactement qui est en toi quand tu jouis. Je veux te sentir jouir sur ma queue.

Ses mots, si directs et cochons, me faisaient frissonner. Je n'aurais pas pu détourner le regard si je l'avais voulu maintenant. C'était presque un challenge, pour voir si j'allais oser le regarder. Il ne se précipita pas. Avec le bois froid de la porte dans mon dos, il me baisa doucement et avec assiduité, son corps caressant mon clitoris avec chaque va-et-vient.

À chaque fois, un éclat de plaisir me traversait. Au bord d'un autre orgasme, je tremblai, recherchant une nouvelle explosion sans quitter Nate des yeux. Avec un autre coup de reins, il me remplit profondément, mes nerfs déjà à vif lâchèrent, le feu se déversa dans mes veines alors que je tremblais d'extase.

Il recula, plongeant encore en moi, ses mouvements devenant plus rapides et profonds. J'en reconnus à peine la force, la limite entre plaisir et douleur s'effaçant. Son nom sortit de ma bouche en un chant rauque quand je sentis la décharge chaude me remplir, et il cria mon nom dans un grognement sauvage.

J'avais la tête qui tournait, le plaisir me traversait, m'entourait, me perforait alors que j'essayais de reprendre ma respiration. La seule ancre qui me rattachait à la réalité était la sensation que Nate me tenait fort contre lui.

Il me soulevait toujours, sa tête plongea dans le creux de mon cou, son souffle caressant ma peau. Ma propre respiration était saccadée et j'essayais de me reprendre. Je n'avais pas envie de bouger. Je voulais rester dans ses bras forts, perdue dans cette toile de besoin et de proximité que je n'aurais jamais pu imaginer, encore moins avec Nate.

Après quelques instants, je le sentis bouger alors qu'il levait la tête. À ce moment-là, son estomac gargouilla. Il rit, un sourire amusé sur les lèvres alors que je me forçais à ouvrir les yeux. La réalité me força à bouger. Je commençai à me libérer mais il me tint fort contre lui. En reculant la tête, je la penchai sur le côté.

— Tu vas me poser?

Mes joues étaient chaudes. La chaleur du moment, pour le dire ainsi, était passée et la réalité me frappait de plein fouet.

— Oui, mais d'abord…

Il se pencha en avant pour embrasser doucement mes lèvres. Sa langue s'emmêla avec la mienne un instant avant qu'il ne recule encore. Et, juste comme ça, mon corps vibrait à nouveau.

Il ne dit rien d'autre, se retira simplement doucement et me posa au sol. Je tremblais et mon corps se remettait encore de deux orgasmes intenses. J'avais l'impression d'avoir été épuisée par le plaisir. L'émotion suivait, non loin, une émotion que je n'étais pas vraiment prête à regarder dans les yeux.

Heureusement, la porte derrière moi me servait d'appui. En posant mes mains contre le bois, je me sentis soudainement très vide. J'étais parfaitement nue, à l'exception de mes chaussettes.

Nate ne s'éloigna pas beaucoup et resta devant moi, les yeux posés sur mon corps. Oh, bon sang. Il était ridiculement attirant avec son jean à moitié baissé et sa queue généreuse à nue. Mes yeux gourmands valsèrent sur son corps. Si mon corps avait été roi, on serait repartis pour un tour.

Heureusement, son estomac grogna à nouveau, donnant à mon bon sens le temps de reprendre le dessus. Alors que mes jambes tremblaient encore, je m'écartai de la porte.

— Tu as faim?

— Clairement, dit-il avec assez de sarcasme dans son ton pour réveiller mon humour.

— Tu as été assez bête pour ne pas manger avant de venir ici? demandai-je en le dépassant, attrapant mon t-shirt au sol pour l'enfiler rapidement.

Quand je me retournai vers lui, il boutonnait son jean et enfilait son t-shirt.

— Je me fichais complètement de ma faim. J'avais envie de te voir plus que je n'avais envie de manger.

Mon bon sens ne dura pas longtemps. Mon cœur

applaudit presque à ce commentaire. Avant que je ne m'en rende compte, je proposais qu'on commande une pizza. Même s'il était tard, je n'avais pas mangé non plus.

— Ça me va, répondit-il.

— Je vais commander, dis-je rapidement alors qu'il sortait son téléphone de sa poche.

Willow Brook était une petite ville. Enfin, pas si petite que ça. Mais je n'avais aucun doute sur le fait que si Nate commandait une pizza pour chez moi, ça se saurait rapidement. Il s'arrêta, ses doigts posés sur l'écran de son téléphone.

— Je m'en occupe.

Alors qu'il me regardait, son regard s'éclaircit.

— Tu as peur que quelqu'un remarque que j'étais là.

Mes joues chauffèrent, et je m'en fichais.

— Ouais. Alex est ton meilleur ami, et je ne suis pas vraiment prête à ce qu'il sache ce qu'il se passe entre nous.

La main de Nate tomba et il rangea son téléphone dans sa poche.

— Entendu, dit-il avec un hochement de tête et un haussement de sourcils.

Son rire caressa ma peau alors que je lui tournais le dos, me dirigeant vers le comptoir de la cuisine pour attraper mon téléphone. Posant une fesse sur mon tabouret, je le regardai.

— Qu'est-ce qu'il y a de drôle?

— Tu étais prête à te battre, hein?

Je levai les yeux au ciel et lui tirai la langue, quelque chose que j'avais sans doute fait des centaines de fois dans nos vies.

— Et alors? Bref, tu veux quoi comme pizza? Je commande chez Alpenglow Pizza. C'est ma nouvelle pizzeria préférée.

— N'importe.

J'aurais dû savoir que ce serait sa réponse. Car Nate mangerait tout ce que je choisirais. Il n'avait jamais été difficile niveau nourriture. Du tout.

— D'accord, dans ce cas, moitié pepperoni et moitié grec parce que j'ai envie des deux.

Alors que j'étais au téléphone, il retira enfin ses chaussures et ramassa son manteau pour l'accrocher près de la porte. Alors que j'attendais que la femme qui prenait les commandes termine un autre appel, il passa derrière moi, passant ses mains sur ma taille et plongeant ses lèvres dans mon cou pour y déposer des baisers.

Mon ventre s'emplit de papillons et mon canal se serra. Oh, bon Dieu. J'étais déjà mal en point, la tête si loin sous l'eau que j'étais presque noyée.

Chapitre Dix-Neuf

HOLLY

Quelques jours passèrent, durant lesquels je m'affairais à me rappeler la vérité et la contradiction qu'elle portait. Je ne pouvais pas tomber amoureuse de Nate. Mais c'était en train d'arriver, rapidement.

J'imaginais que la vérité était que j'étais déjà dangereusement proche de l'amour depuis notre première rencontre pompette et folle dans ce placard à balais, il y avait plus d'un an, la première fois que nous nous étions embrassés. Puis il y avait eu cette soirée caritative idiote. J'avais retrouvé mon équilibre avant ce soir-là. En y repensant, je me disais que j'aurais pu m'en remettre s'il ne s'était rien passé de plus.

Puis il y avait eu l'ascenseur. Et, à partir de ce moment-là, j'étais une cause perdue. Alors maintenant? Eh bien, maintenant, nous étions allés beaucoup trop loin.

Nous étions le 2 février, il faisait froid et clair. *Groundhog Day*, le jour de la marmotte. Je me réveillai dans l'obscurité, bien éveillée et tout excitée après un rêve cochon à propos de Nate. Après notre seconde nuit ensemble, j'avais eu deux gardes de nuit d'affilée.

C'était pratique pour ma santé mentale, ne serait-ce que parce que ça m'avait permis de l'éviter sans effort.

Je n'avais jamais beaucoup réfléchi à mon emploi du temps. Quand je me réveillai, ma peau était rouge et ma culotte mouillée, et je regrettai instantanément de ne pas l'avoir à mes côtés. Bon sang.

Je me demande s'il travaille aujourd'hui. Oh mon Dieu. Il faut que j'arrête de penser à Nate et à son fichu emploi du temps.

Je ne m'étais jamais inquiétée de l'emploi du temps d'un homme. Ce qui rendait la chose encore plus gênante.

Nate gérait sa propre entreprise et volait quand bon lui plaisait. Je savais que l'été était la période pleine pour lui car c'était une saison chargée pour les pilotes d'Alaska. En hiver, il faisait des vols pour des compagnies aériennes locales au départ d'Anchorage et transportait des aventuriers vers la campagne pour des voyages de ski et ce genre de choses.

Agitée, j'écartai la couverture et me dirigeai rapidement vers la douche. Même si mon corps me suppliait, je refusais de me laisser aller à cette faiblesse et de me soulager avec ma propre main alors que Nate était la seule chose à laquelle je pensais.

Même si je l'avais déjà fait une bonne centaine de fois cette année passée. Tellement gênant. Alors que l'eau chaude me brûlait presque la peau, j'effaçai mon rêve, mais je ne réussis pas à me sortir Nate de la tête. Il était partout.

Habituellement, quand je travaillais tôt comme aujourd'hui, je prenais un café et un bol de céréales à la maison avant d'aller à l'hôpital. Aujourd'hui, cependant, rester seule avec mes pensées ne me faisait pas de bien. Une fois habillée, je plongeai mes pieds dans mes bottes d'hiver, enfilai mon manteau et me dirigeai vers le Firehouse pour un café et un sandwich. Ceux qui vivent dans des coins froids en arrivent souvent à la conclusion que l'une des plus belles inventions humaines est la possibilité de démarrer sa voiture à distance. J'appuyai sur ma télécommande alors que j'étais encore en train de m'habiller pour monter dans une voiture chaude quelques minutes plus tard.

Quelques instants après, je me garais devant le Firehouse Café en bas de la rue. En été, j'aurais marché, mais je n'aimais pas me faire du mal. Il faisait encore nuit, les étoiles brillaient encore et une belle tranche de lune éclairait les rues et les montagnes à l'horizon de Willow Brook.

Je pris une grande inspiration d'air froid en traversant le parking enneigé. Les lumières brillaient à travers les fenêtres, m'appelant à entrer. En passant la porte, je trouvai la chaleur et l'odeur du café et des viennoiseries qui me faisaient toujours revenir et s'emparaient de mes sens.

Malgré l'heure matinale, il y avait quelques habitués et j'entendais l'agitation dans la cuisine derrière les portes battantes. En m'avançant vers le comptoir, je souris à Janet quand elle leva la tête.

— Bonjour Holly, dit-elle avec un grand sourire.

Elle posa les scones qu'elle mettait dans des sachets.

— Qu'est-ce que je peux te servir ce matin?

— Je vais prendre un café allongé et un sandwich aux œufs.

— Ça vient tout de suite.

En se tournant, elle appela quelqu'un de l'autre côté de la porte de la cuisine.

— Daniel, tu veux bien venir ici et nous faire un sandwich à l'œuf?

Le café était installé de telle façon qu'on pouvait

voir le four et la gazinière depuis la salle, derrière le comptoir, alors que la boulangerie se tenait derrière la porte. Daniel passa la porte, me lançant un sourire puis se tournant rapidement vers le grill.

Janet lança mon café, me lançant encore un sourire avant de jeter un œil vers la porte d'entrée au son de la cloche.

— Salut Jake et Sandy, lança-t-elle.

En me tournant, je vis les parents de Jake Green s'approcher de moi. Après l'accident terrible qui avait causé la mort de Jake au lycée, ils étaient restés des piliers de Willow Brook. Comme moi, ils avaient traversé la peine de ce deuil et en étaient sortis.

— Bonjour Holly, dit Sandy alors qu'elle me prenait dans ses bras.

Jake me lança un clin d'œil et hocha la tête en reprenant la main de sa femme.

— Tu dois travailler tôt à l'hôpital ce matin, observa-t-il.

— Exactement, répondis-je.

J'étais restée amie avec les parents de Jake depuis tout ce temps. Je les connaissais depuis que j'étais petite fille. De tout le monde à Willow Brook, ils étaient ceux qui comprenaient le mieux quel genre de relation j'avais avec Jake. C'était un grand soulagement, car je n'aurais pas pu imaginer essayer de leur expliquer sinon.

Sandy écarta ses cheveux noirs de son visage, lançant un sourire à Janet alors qu'elle me servait mon café.

— Laissez-moi deviner, deux cafés? demanda Janet.

— Tout à fait, répondit Jake.

— Quelque chose à manger?

— Non, merci. On va à Anchorage pour faire

quelques courses aujourd'hui, et j'ai un rendez-vous chez le médecin.

— Tout va bien? demanda Janet par-dessus son épaule alors qu'elle préparait leurs cafés.

— Oh oui, juste une mammographie. Tu sais que c'est toujours sympa.

Janet explosa de rire. À ce moment-là, j'entendis la voix de mon frère alors que la porte d'entrée s'ouvrait encore, laissant passer une bouffée de vent froid. Bien sûr, Nate le suivait de près.

Oh merde. Alex ne savait rien de ce qu'il se passait entre Nate et moi. Nos chemins ne s'étaient pas beaucoup croisés cette semaine, ce qui rendait ma vie plus simple.

Alex avait dû entendre la fin de notre conversation. Ses yeux sautèrent entre moi, Janet et Sandy. Sandy haussa les épaules et me lança un regard amusé.

— Oui, tu viens d'entendre le mot mammographie. Ça va aller, tu n'as pas besoin de te préparer pour les tiennes, dit-elle avec un petit rire.

Pendant ce temps, Jake leva les yeux au ciel et secoua la tête.

— Euh, d'accord, répondit Alex.

Il était rare de réussir à couper le siffler de mon frère jumeau, surtout quand il s'agissait d'humour noir. Mais celle-ci n'était vraiment pas dans son registre. Je souris.

— Bonjour.

Ce moment suffit à me sortir de la gêne que je ressentais à rencontrer Alex et Nate ensemble ce matin.

Nate trouva mon regard, l'éclat qui s'y trouva fit bouillir mes veines.

Oh, bon sang. Ce n'était vraiment pas juste. Mon corps allait devoir se calmer sur Nate. J'étais là, avec les parents de mon petit ami de lycée et mon frère jumeau, le meilleur ami de Nate. Toute cette situation aurait dû me faire l'effet d'un seau de glace sur mon désir pour Nate.

Mais non. Pas du tout.

Bordel.

Je réussis à faire un petit sourire à Nate, et j'espérais que la chaleur que je ressentais sur mes joues était assez subtile pour passer inaperçue. Janet se retourna et je sortis mon porte-monnaie alors qu'elle tendait leurs cafés à Sandy et Jake.

— Je vais te régler, dis-je en lui tendant un billet de cinq.

— Ça marche.

Janet attrapa mon billet et m'encaissa rapidement.

— Mets la monnaie dans les pourboires, ajoutai-je.

Avec un sourire, elle jeta les pièces dans le bocal, se tournant vers Nate et Alex alors qu'elle encaissait Jake et Sandy. Pendant ce temps, Daniel me tendit mon sandwich sur une assiette. Une minute plus tôt, l'idée de m'installer à une table en silence pour profiter de mon café et de mon petit déjeuner me semblait parfaite. Maintenant, j'avais envie de m'enfuir. Il y avait trop de pensées confuses qui se baladaient dans ma tête, essayant de voler l'espace occupé par mes émotions, qui menaçaient de prendre le dessus sur le tout.

Malheureusement, je n'avais aucune voie de sortie discrète ou élégante, encore moins quand Alex prit la parole.

— Super, tu prends ton petit déj' avec moi, n'est-ce pas? demanda-t-il.

— J'imagine que oui, répondis-je, en pensant qu'il n'y avait pas d'autre bonne réponse.

Assiette et café en main, je m'arrêtai à côté de Sandy et Jake.

— Ça m'a fait plaisir de vous voir ce matin. Comment va Clay? demandai-je en parlant du petit frère de Jake.

— Oh, très bien. Il est à Washington. Il est en stage prolongé, répondit Sandy, clairement très fière. On va lui rendre visite dans deux semaines. On n'est pas retournés à D.C. depuis son voyage au lycée, qu'on avait accompagné.

Sandy déposa un bisou sur ma joue.

— Ça fait toujours plaisir de te voir, chérie.

Je leur fis un signe de la main alors qu'ils partaient, avant de regarder Alex et Nate. Alex embêtait Nate à propos de je ne sais quoi alors que Nate payait l'addition.

— Je vais nous trouver une table, les gars, dis-je rapidement, avant de me retourner pour me diriger vers une table dans un coin près des fenêtres.

Habituellement, ça ne me dérangerait pas de croiser mon frère et son meilleur ami ici. Même si Alex n'était pas du matin, son boulot de mécanicien spécialiste le forçait souvent à commencer tôt. Comme moi, Nate était très matinal. Le croiser ici si tôt était plutôt normal et n'aurait pas dû me faire cet effet-là. Mais, dès que Nate était dans la pièce, je prenais feu.

Je ne pouvais pas m'empêcher de me demander s'il avait un déplacement de prévu. Le simple fait de le voir faisait vibrer mon corps. Je n'avais pas besoin d'une piqûre de rappel pour savoir que c'était gênant et peu pratique de fantasmer sur le meilleur ami de mon frère. Ce n'était pas comme si c'était nouveau. La seule différence était que, maintenant, j'étais passée à l'action, ou plutôt nous étions passés à l'action. Pour être honnête, c'était bien plus intense et réel que ce que j'avais imaginé.

Je m'installai sur une chaise et pris une longue gorgée de mon café. Des rayons de lumière s'élevaient au-dessus des montagnes au loin. Il faudrait encore une heure pour que le soleil se lève vraiment. Juste à temps pour le début de ma garde.

Après une autre gorgée de café, je pris une bouchée de mon sandwich en levant les yeux quand Nate s'installa en face de moi. Alex n'était plus là.

— Où est Alex?

— Aux toilettes.

Il se tut, son regard sombre et illisible posé sur moi. J'avais envie de l'embrasser mais j'écartai rapidement cette pensée.

— Tu es de garde ce matin?

— Ouais.

Ce que ma réponse impliquait me frappa soudainement. J'étais au boulot les deux nuits précédentes. Mon emploi du temps m'avait facilement permis d'éviter de voir Nate. Maintenant qu'il savait que je travaillais de jour aujourd'hui, je n'avais aucune excuse valable pour refuser de le voir s'il le proposait.

Mon ventre s'emplit de chaleur, traversant mes veines. Nate prit une gorgée de son café sans jamais me quitter des yeux. La promesse contenue dans son regard me coupa le souffle et fit battre mon cœur plus fort. Mon esprit partit vers...

À ce moment-là, Alex revint, mettant un stop net à mes pensées.

Reprends-toi.

Mon ordre interne était clair et ferme, mais mon corps se révoltait et l'ignorait entièrement.

Alex posa sa main sur la chaise qui se tenait entre nous à la table et s'installa.

— Tu bosses tôt?

— Bien sûr. Pourquoi est-ce que je serais ici à cette heure et en blouse sinon?

Alex prit une gorgée de café et rit doucement.

— Pas faux.

— C'est quoi ton emploi du temps aujourd'hui? Tu n'es jamais debout si tôt volontairement.

— Très vrai. Je m'occupe d'une grosse réparation sur un moteur à l'aéroport d'Anchorage, donc il faut que je commence tôt. J'ai convaincu Nate de venir avec moi, et de peut-être faire un double rendez-vous galant, dit Alex en jetant un regard à Nate.

Ce genre de conversation entre Nate et mon frère s'était de nombreuses fois déroulé devant moi. Jusqu'à l'année dernière, ça ne m'avait pas plus dérangée que ça. Maintenant, un éclair de jalousie me traversait et une anxiété nouvelle s'emparait de mon estomac.

Note pour moi-même : c'est pour ça que tu n'aurais pas dû laisser quoi que ce soit se passer avec Nate.

Je ne pus retenir mes yeux de passer à Nate. Je me forçai à détourner le regard tout aussi rapidement, en regardant par la fenêtre, en priant qu'aucun de mes sentiments ne soit lisible sur mon visage.

— Mec, je t'ai déjà dit que je ne passe pas la nuit à Anchorage. Et je n'ai aucune envie d'aller à ce rendez-vous. Tu es tout seul là-dessus, dit Nate.

Oh mon Dieu. C'était tellement gênant. J'avais envie de lui demander ce que ça voulait dire. Nous n'avions pas parlé de ce qui s'était passé entre nous. Non pas que ce soit la faute de Nate. Je n'avais aucune envie d'en parler, pas quand j'étais encore parfaitement incapable de formuler une pensée cohérente sur lui ou mes sentiments. Sans parler de l'ajout malheureux et gênant de mon frère comme public.

Je pris une grosse bouchée de mon sandwich, y

jetant mes émotions brouillées et mâchant furieusement.

Alex haussa les épaules, nonchalamment.

— Okay, tant pis pour toi, mec. C'est quoi ton problème par contre? T'as pas remarqué qu'il est à côté de ses pompes? C'est comme s'il avait décidé de ne plus sortir avec personne, lança Alex en s'adressant à moi.

Je pris une gorgée de café et haussai les épaules parce que c'était tout ce que j'avais à apporter au sujet. Alex leva les yeux au ciel et je pris une autre bouchée de mon sandwich, me forçant à éviter de croiser le regard de Nate. J'étais décidée à ne rien laisser arriver d'autre entre nous car ce genre de conversation n'allait faire qu'empirer pour moi. Quelle que soit la raison pour laquelle il refusait le rendez-vous d'Alex – quoi que ça puisse vouloir dire – je ne me faisais pas d'illusions et je savais qu'il ne nous prenait pas au sérieux.

Je réussis à survivre le reste de ce petit déjeuner gênant et horrible. Comme ni Alex ni Nate ne savaient exactement à quelle heure j'étais censée être à l'hôpital, dès que j'eus terminé mon sandwich, je me levai.

— Faut que je décolle les gars. Bon voyage à Anchorage. À plus.

Je n'attendis pas, passant mon sac à main sur mon épaule et me dépêchant de partir. Alors que j'étais sur le point d'arriver à ma voiture, j'entendis des pas derrière moi faisant crisser la neige tombée sur le parking.

— Holly.

La voix de Nate dans l'air frais, froid et silencieux de ce matin d'hiver me secoua. Je perdais l'équilibre dans ma tête, prise dans une cascade d'émotions, de jugement de moi et de confusion, tout cela mélangé à une poussée de désir. Je voulais tellement l'ignorer mais je savais que je n'y arriverais pas vraiment. En prenant une respiration lente pour me calmer, je m'arrêtai à côté de ma voiture pour le regarder.

— Ouais?

Il se rapprocha de moi. Un pas de plus et il serait juste devant moi. La force de sa présence était puissante. Il faisait froid mais de la chaleur émanait de lui. Je ne dis rien, surtout parce que je ne me faisais pas confiance.

— Ce n'était en aucun cas mon idée, dit-il, le regard concentré.

J'avais l'impression qu'il essayait de lire dans mes pensées. Non pas que ça aurait aidé s'il en avait été capable. Je n'arrivais pas à comprendre mes propres sentiments. Il y avait une bataille entre émotions et raison en moi.

Je haussai les épaules. Quand il ne dit rien de plus, je sentis le besoin de briser le silence.

— C'est pas très grave. Ce n'est pas comme si tu me devais une explication, dis-je enfin.

Quelque chose traversa son regard. À travers le matin brumeux d'hiver, je ne voyais pas parfaitement ses yeux. Je ne faisais pas non plus confiance aux miens, pas quand mes émotions teintaient tout ce que je voyais.

— Je te dois une explication. Je ne vois personne d'autre. Je ne vois personne depuis...

Il s'arrêta, jetant sa tête en arrière pour regarder le ciel. Quand il me regarda à nouveau dans les yeux, il soupira, créant un nuage de brume.

— Je n'ai vu personne d'autre depuis avant Halloween.

Ses mots me frappèrent en plein dans la poitrine. Ça faisait des mois. Halloween, c'était la soirée de la vente aux enchères. Ma bouche s'ouvrit et je la refermai. J'avais l'impression d'être un poisson.

Il fit un sourire en coin et haussa les épaules.

— Tu es ma priorité.

— Hein?

Super, Holly.

Je décidai d'ignorer ma voix intérieure, toujours si critique.

Il haussa les épaules et les laissa retomber avec un grand souffle.

— Okay, je vais être direct. Je sais pourquoi tu peux penser le contraire, mais ce qui se passe entre nous est bien plus que physique pour moi. Je te veux. De toutes les façons possibles.

Ses mots étaient graves, son regard, concentré. Mon cœur explosa dans ma poitrine, essayant de me briser les côtes pour s'enfuir. Je secouai la tête, parce que j'avais du mal à le croire et parce que je ne savais pas vraiment comment réagir.

La porte du Firehouse Café s'ouvrit. Alex sortit en nous tournant le dos alors qu'il parlait encore avec quelqu'un à l'intérieur du café.

Nate s'approcha de moi, se pencha et posa ses lèvres sur les miennes. Le baiser fut bref et électrique. Le contraste entre l'air glacial de ce matin et la sensation de ses lèvres sur les miennes était si clair que le plaisir me transperça. Je me retrouvai soudainement paniquée car, quand je levai les yeux, Alex s'était retourné. Je ne savais pas ce qu'il avait vu.

Nate haussa les épaules, ses yeux cherchant les miens quand il se redressa.

— Je me fiche de ce qu'Alex pense. Et tu ne devrais pas t'en faire non plus. C'est entre toi et moi.

Pour une femme qui a toujours quelque chose à

dire, je donnais ma langue au chat. Je ne pouvais pas faire quoi que ce soit d'autre à part le regarder.

— Va travailler, dit-il doucement, passant le bras devant moi pour m'ouvrir ma voiture.

Malgré le flou mental dans lequel je me trouvais, j'avais pensé à utiliser la télécommande de ma voiture avant de quitter le café. Une vague de chaleur me frappa dès que j'ouvris la porte.

— Je passerai ce soir, dit Nate, d'une voix assez basse pour que personne d'autre ne l'entende.

J'avais réussi à monter dans ma voiture et Nate ferma la porte derrière moi. Je le regardai alors qu'il se retournait pour marcher vers Alex, leurs voitures étant garées l'une à côté de l'autre. Alex me fit un signe de main et partit, Nate sur ses talons.

Qu'est-ce qui venait de se passer, bon sang?

Chapitre Vingt

NATE

— Qu'est-ce qu'il se passe entre toi et ma sœur, là? demanda Alex en claquant la porte derrière lui quand on entra dans le grand hangar à avion.

J'étais très surpris qu'Alex ait tenu aussi longtemps sans me poser de question sur Holly. Quand elle était presque partie en courant du Firehouse Café ce matin, j'avais décidé que je me fichais du reste, et je l'avais suivie. Je n'allais pas la laisser passer une journée entière à penser que qui que ce soit d'autre pouvait m'intéresser.

Je savais que je prenais un risque, qui pourrait énerver Holly plus que n'importe qui d'autre. Je me fichais complètement de savoir si Alex était en colère contre moi. Je m'en occuperais.

Il s'arrêta, se tournant pour me faire face. Nous étions seuls. Deux petits avions étaient installés dans le hangar et étaient les seuls témoins. Les murs en métal et en béton créaient un écho.

Je le regardai droit dans les yeux.

— Comment ça?

Je n'avais pas peur des confrontations. D'ailleurs, je

savais que ça allait arriver à un moment. Autant que ce soit aujourd'hui. Ça ne m'aurait pas dérangé d'avoir un peu plus de temps pour décider quoi dire à mon meilleur ami sur le fait que j'étais en train de tomber amoureux de sa sœur jumelle.

Alex pencha la tête en plissant les yeux.

— Tu sais très bien ce que je veux dire. Je t'ai vu l'embrasser ce matin. Elle était toute stressée au petit déj'. Elle ne va rien me dire, donc t'as intérêt de le faire.

— Je ne suis pas encore sûr, dis-je enfin. Mais j'aimerais voir où ça va.

— Putain, marmonna Alex. Tu ne peux pas te foutre de la gueule de ma sœur. Tu ne fais jamais dans le sérieux, avec qui que ce soit.

— Je ne me fous pas de Holly. Je ne ferais jamais ça.

— Quoi, t'es amoureux d'elle peut-être?

Ses mots dégoulinaient de sarcasme, et je craquai presque. Il avait tous les droits de supposer que je ne voulais rien de plus qu'un peu de fun au lit. Et, soyons clair, j'avais absolument l'intention de me perdre dans Holly encore et encore et encore, mais il y avait bien plus quand il s'agissait de mes sentiments pour elle.

— Je ne sais pas si je suis prêt à utiliser ces mots, mais j'aimerais pouvoir voir où ça va.

— Putain, répéta Alex en se détournant de moi, marchant vers l'avion le plus proche pour cogner sa botte contre le pneu. Elle est au courant?

— J'ai essayé d'être clair, mais je ne suis pas sûr de ce qu'elle veut.

Alex revint vers moi, se plaçant très près de mon visage.

— Ne te fous pas de sa gueule. Je te botterai le cul.

— Je sais, dis-je en essayant de rester calme.

Ce n'était pas que je ne m'attendais pas à ce

qu'Alex réagisse comme ça, mais ça m'énervait de voir ses préjugés.

— Je te promets que ce n'est pas juste une aventure pour moi.

Alex recula, fit rouler sa tête sur ses épaules pour relâcher la tension dans son cou et ses épaules. Quand il me regarda à nouveau, il secoua doucement la tête.

— Je savais que tu la kiffais au lycée. Je pensais que tu étais passé à autre chose, je crois.

— Oui et non.

Alex me regarda d'un air réfléchi. Après un long silence, et un silence très lourd, il secoua encore une fois la tête.

— Tu es en train de me dire que tu avais le béguin pour ma sœur jumelle depuis des années, bordel?

En penchant la tête en arrière, je regardai le plafond de métal, suivant les poutres d'acier du regard. Regardant à nouveau Alex dans les yeux, je haussai les épaules.

— Je ne sais pas comment le décrire. Avant que tu te dises que je pleurais dans un coin en l'attendant, c'était pas ça. Donc oui, j'avais le béguin pour elle au lycée, mais...

Je laissai ma phrase en suspens parce que je ne savais pas vraiment comment expliquer le reste. Je n'allais certainement pas dire à Alex que Holly avait été au centre de la plupart de mes fantasmes depuis le lycée. Je ne dirais pas que j'étais toujours accroché à elle, j'ai eu le béguin pour elle à une époque, un évènement plutôt compliqué s'est mis en travers de ça donc je suis passé à autre chose. Maintenant... eh bien, tout était différent.

Alex comprit où j'en étais.

— La vie s'est mise en travers du chemin, de façon monumentale. L'accident nous a tous fait beaucoup de mal. Je sais que ce n'est pas ce que tu demandes, mais Holly n'a jamais été amoureuse de Jake. Ils se sont surtout mis ensemble parce que Caleb et Ella étaient ensemble tout le temps.

Alex détourna le regard en prenant une grande inspiration et en faisant rebondir son talon contre le pneu de l'avion encore une fois.

Quand il me regarda à nouveau, son regard était grave.

— Écoute, Holly me tuerait si j'essayais de jouer les frères trop protecteurs avec elle, donc je ne vais pas m'interposer. Sauf si...

Il s'arrêta et leva le doigt pour le pointer dans ma direction.

— Sauf si tu lui fais du mal. Il est évident que je dirais à n'importe laquelle de nos amies de passer son chemin si elle voulait quelque chose de sérieux avec toi, qu'il fallait aller voir ailleurs. Mais si c'est ce que veut Holly, c'est ses affaires, mais ne lui fais pas de mal.

Mon cœur battait à tout rompre dans ma poitrine, rebondissant contre mes côtes. Je n'allais pas avouer à Alex l'ampleur de mes sentiments pour elle, pas encore. Je n'étais pas certain de ce qu'elle voulait.

Je soutins son regard et hochai doucement la tête.

— Je comprends, mais tu n'as pas besoin de t'inquiéter.

Alex secoua la tête.

— Tu vas lui dire que je suis au courant?

— Ouais. Je ne suis pas assez bête pour essayer de garder ça secret.

Alex sourit, un vrai sourire cette fois.

— Oh ouais, ce serait effectivement débile. Bref, allons jeter un œil à cet avion, dit-il en se tournant pour se mettre au travail.

Alex ouvrit rapidement le capot de l'avion. L'avion

n'était pas à moi, mais appartenait à un bon ami qui était en déplacement. Il m'avait demandé d'arranger une visite pour Alex, puisqu'il était mécanicien aérien.

On réussit à dépasser notre conversation un peu gênante et à se mettre au boulot. Alors qu'on partait, quelques heures plus tard, Alex me jeta un coup d'œil quand on arriva à nos voitures.

— Donc, dis-moi, est-ce que c'est Holly la raison pour laquelle tu n'es sorti avec personne – que je sache – depuis l'automne dernier?

Dieu soit loué. Je n'allais pas raconter les petits détails de nos rencontres précédentes à Alex. Il n'avait pas besoin de savoir que j'avais presque sauté sa sœur dans un placard puis dans un vestiaire à une soirée caritative. J'étais dans une situation compliquée. Il n'était pas mon meilleur ami pour rien. Il me connaissait bien. Croisant son regard, je haussai les épaules, ce qui était apparemment ma réponse principale quand il s'agissait de Holly.

— Pas vraiment.

Je restai aussi vague que possible. Mais je n'allais en aucun cas lui dire l'empreinte que Holly avait laissée dans mes pensées.

Il gloussa avant de se détourner.

— N'oublie pas ce que je t'ai dit.

Je restai là dans le froid, au son d'un corbeau qui criait dans le ciel, puis mes bottes crissèrent contre la neige du parking alors que je me tournais vers ma voiture pour monter dedans.

Chapitre Vingt-Et-Un

HOLLY

Après être entrée dans la salle de pause, je m'affalai sur une chaise avec un soupir.

— Bon sang, je suis crevée, dis-je en levant les bras pour resserrer ma queue de cheval en lançant un sourire vanné à Chris, qui était assis de l'autre côté de la petite table ronde.

Chris hocha la tête avec moi, passant sa main dans ses cheveux et prenant une gorgée de café.

— Il y a du café tout frais et bien serré si tu en veux. Je suis trop crevé pour me lever et te le servir.

Je ris en me levant pour me diriger vers le comptoir qui suivait le mur.

— J'ai suffisamment besoin de caféine pour me bouger le cul jusque-là.

Après m'être servi une tasse, j'ajoutai une pointe de lait et m'assis en face de lui à nouveau. Ma garde s'était terminée cinq minutes plus tôt. Les urgences avaient été bondées toute l'après-midi. Il y avait eu deux accidents de voiture sur l'autoroute à l'extérieur de Willow Brook. Il avait gelé cette nuit, et il y avait eu juste assez de soleil pour faire fondre la neige et rendre les routes particulièrement lisses. Nous aurions du verglas quand la nuit tomberait.

— On a eu du bol. Personne n'est mort, commentai-je.

Chris prit une autre gorgée de café et acquiesça. On resta assis ensemble en silence quelques minutes, buvant chacun notre café et laissant l'adrénaline retomber dans nos veines. Quand on travaillait dans une salle d'urgence, il fallait de l'adrénaline pour tenir, pour rester concentré, précis, à fond. Sur des gardes difficiles, une fois l'effort terminé, c'était un vrai soulagement de réussir à se détendre. Parfois, ça prenait des heures. Après la journée que je venais de vivre, je savais que je serais sur les nerfs ce soir, sans doute pendant plusieurs heures, même une fois rentrée chez moi.

— Alors, dis-moi quelque chose de positif. Du nouveau avec Nate? Ou ta virginité?

Même si Chris se moquait doucement de moi, ça ne me dérangeait pas du tout. On avait le genre d'amitié où on pouvait rigoler sur les sujets difficiles parce qu'on savait tous les deux que l'autre comprenait.

— Eh bien, je ne suis plus vierge, offris-je avec un clin d'œil.

— Bien joué! dit-il avec un grand sourire. C'était horrible? En tant qu'homme, je ne me rends pas compte.

J'explosai de rire.

— J'imagine. Ça doit être vraiment différent pour vous. Mais non, c'était pas horrible.

Je sentis mes joues rougir parce que ça avait été tout sauf horrible. Ça avait été incroyable.

Chris haussa un sourcil.

— On dirait que c'était pas horrible du tout. Alors, et maintenant?

Je pris une longue gorgée de mon café, savourant le goût amer et l'arrivée de la caféine dont mon corps rêvait.

— Je ne sais pas.

Je posai ma tasse. Le simple fait d'en parler me serrait la poitrine et envoyait une spirale d'anxiété dans mes veines.

Nate me rendait confuse parce qu'il avait l'air d'avoir envie que je le prenne au sérieux. Je ne pensais pas qu'il comprenait. Depuis que mon corps s'était éveillé à ce que Nate était, j'étais presque certaine que je ne pourrais jamais coucher avec qui que ce soit d'autre. Même si je serais toujours contente d'avoir perdu ma virginité avec lui plutôt qu'avec quelqu'un d'autre, j'étais terrifiée par mes propres sentiments.

Je n'avais aucune idée de ce qui avait traversé mon visage, mais Chris tendit la main sur la table pour me toucher.

— Oh, ma puce, tu tiens vraiment à lui.

Les émotions se nouèrent dans ma gorge alors que des larmes chaudes me piquaient les yeux. Je lui serrai la main, attrapant un mouchoir dans la boîte posée au milieu de la table.

— Ouais. Je crois, mais c'est débile. Je ne peux pas...

Je m'arrêtai un instant pour me moucher.

— ... Je ne peux pas me laisser aller à ce que je ressens pour lui.

— Vous ne seriez pas les premiers amis du monde à tomber amoureux.

— Oh mon Dieu, c'est pas... On n'est pas amoureux.

Le regard chaleureux de Chris soutint le mien, entièrement sérieux.

— Je me suis toujours dit que Nate avait le béguin

pour toi. Peut-être que tu devrais juste voir où ça vous mène.

— Bah, c'est déjà ce que je fais, donc...

Je haussai les épaules, essuyant mes larmes.

Il termina son café et me regarda.

— Peut-être que ça deviendra quelque chose de sérieux, dit-il enfin. Mais ce ne sera rien du tout si tu ne lui laisses pas une chance.

Je terminai mon propre café.

— Je sais.

En se levant, il fit le tour de la table pour me prendre rapidement dans ses bras. Un petit sourire malin décorait ses lèvres quand il recula.

— Au moins, tu t'es débarrassée de cette petite fleur emmerdante. C'est super ça, non?

Chris savait toujours quand il était temps de passer du sérieux au rire. Je lui donnai un petit coup d'épaule.

— Je te croiserai dans la semaine.

— Ça marche, lança-t-il alors qu'on quittait la pièce ensemble, partant dans des directions opposées.

Je retournai rapidement au bureau des infirmières pour remplir quelques formulaires pour la garde de nuit. Quelques minutes plus tard, ma journée était terminée et j'étais la dernière infirmière de jour à partir. L'équipe de nuit était en pleine action, et j'entendais les urgences actives alors que je m'éloignais.

Il ne faisait pas encore complètement nuit. Des traînées de rose et de lavande s'attardaient dans le ciel brumeux et gris. Le vent froid me frappa en plein visage, comme un coup de fouet. Quand j'arrivai à ma voiture, je fus surprise de voir qu'elle n'avait pas démarré. J'avais dû oublier d'utiliser ma télécommande.

En montant dans mon petit pickup, j'appuyai sur le bouton de démarrage et n'entendis rien d'autre qu'un clic. J'appuyai encore. Quelques clics de plus me répondirent.

— Merde. La batterie est sûrement morte, me marmonnai-je à moi-même.

Je jetai un œil sur le parking, mais ne vis personne. Je jetai ma tête contre le siège alors que je me préparais mentalement à retourner dans l'hôpital pour convaincre quelqu'un de m'aider à redémarrer ma voiture avec des câbles.

En sortant du véhicule, je serrais mon manteau plus fort autour de moi et commençais à traverser le parking quand des phares m'éblouirent. Je jetai un œil de côté et reconnus la voiture de Nate. Je ne pus retenir la vague d'excitation qui m'envahit. Mais j'avais des choses plus importantes à penser, par exemple lui demander de m'aider à redémarrer ma voiture.

Je m'écartai pour le laisser passer et il s'arrêta devant moi en baissant les fenêtres.

—Je venais justement te voir, pour savoir ce que tu faisais ce soir, dit-il en guise de bonjour.

— Ce que je fais tout de suite c'est que j'ai besoin de quelqu'un pour m'aider à redémarrer ma voiture, et je pense que tu es ce quelqu'un, répondis-je avec un sourire.

Ses yeux se plissèrent avec son sourire de réponse.

— Pas de soucis. Où est-ce que tu es garée?

Je désignai ma voiture de l'autre côté du parking.

— Monte, dit-il en désignant la porte passager d'un hochement de tête.

J'avais juste assez froid pour accepter qu'on me dépose de l'autre côté du parking. En faisant rapidement le tour de la voiture, je montai sur le siège passager. Nate avait bien entendu tendu le bras pour m'ouvrir la porte.

— Bon sang, il fait bon là-dedans, soupirai-je en croisant les bras, frissonnant légèrement.

Le regard noir de Nate se tourna vers moi alors qu'il gloussait. Oh, bon sang. J'avais des problèmes concrets en tête, ma voiture ne démarrait pas, mais rien qu'à ce regard, mon corps vibrait. Eh bah.

Quelques secondes plus tard, il se garait devant ma voiture et on descendait en même temps. J'ouvris le capot de ma voiture pendant qu'il sortit ses câbles. Une fois que les deux véhicules étaient reliés, il hocha la tête.

— Va démarrer.

Une fois installée dans la voiture, j'appuyai sur mon bouton de démarrage plusieurs fois.

— Il ne se passe rien, lançai-je parce que j'aimais décrire l'évidence.

Nate s'approcha du côté conducteur où la porte était encore ouverte. Il posa sa main sur le toit et se pencha dans la voiture.

— Rien?

— Nan.

J'appuyai sur le bouton quelques fois de plus. Ma voiture obéissait avec un clic, mais le moteur ne démarrait pas.

Quand je levai la tête, sa bouche était juste là. Je suivis mon instinct, sans même y réfléchir. Je me penchai, passai ma main autour de son cou pour réduire la distance entre nous et posai mes lèvres contre les siennes.

Quand je sentis son rire étouffé, un sentiment de joie se déploya en moi. Je l'avais sans doute surpris, mais il suivit le mouvement sans protester. Sa langue trouva rapidement la mienne et il passa sa main dans mes cheveux, intensifiant notre baiser.

Quand il recula, j'étais en feu, à bout de souffle et

regrettant d'être dans un lieu si public et froid, un soir d'hiver.

— Je te dépose chez toi. Ou tu peux venir chez moi. Comme tu veux, dit-il.

Mon bas-ventre se serra au son de sa voix. Mon bon sens n'était pas mon ami aujourd'hui. Il semblait même que toute raison avait quitté mon cerveau.

— Chez toi.

Pourquoi avais-je choisi d'aller chez lui, je ne savais pas. Peut-être que ma petite voix de la raison, perdue et minuscule, essayait de s'assurer qu'il ne passe pas trop de temps chez moi, pour me protéger des souvenirs que j'aurais de lui dans ce lieu.

— Viens. Tu peux demander à Alex de venir jeter un œil à ta voiture demain, répondit-il.

Avec sa main chaude sur la mienne, je le suivis jusqu'à sa voiture. Une fois à l'intérieur, et une fois que Nate s'était mis en route, je commentai :

— Si je demande à Alex de venir jeter un œil à ma voiture, il me demandera comment je suis rentrée ce soir.

Nate s'arrêta sur le parking de l'hôpital et me regarda.

— Ouais. Je suis sûr que tu peux simplement lui dire qu'un ami t'a déposée.

Je n'aimais pas l'air qu'il avait sur le visage. Je ne savais pas ce que je voyais, mais il y avait quelque chose.

— Ne me dis pas que tu as parlé à Alex.

Nate soupira.

— Il m'a posé la question. Après qu'il m'a vu t'embrasser ce matin.

La colère et la frustration s'emparèrent de moi.

— Qu'est-ce que tu lui as dit, bon sang?

— Pas grand-chose, et aucun détail bien sûr. Il m'a

fait la morale et a menacé de me botter le cul si je te faisais du mal.

Le regard de Nate était sombre. Mon cœur battait la chamade. Entre mon désir et le mélange d'émotions que je ressentais à propos de Nate, de nous, j'étais complètement perdue. Mon frère jumeau était bien trop curieux parfois.

Nate sentait clairement que je pouvais m'énerver et tenta de prendre les devants.

— Écoute, c'est mon meilleur ami. Je ne peux pas vraiment lui cacher quoi que ce soit pendant long-temps. Je lui ai dit la vérité, que je voulais avoir une chance de voir où ça pouvait aller avec toi. C'est tout.

— C'est ça que tu lui as dit? demandai-je, d'un ton incrédule.

— Oui, c'est ce que je lui ai dit. Parce que c'est la vérité.

— Depuis quand est-ce que tu veux quelque chose de plus que du sexe sans attaches? Avec qui que ce soit?

— Depuis toi, dit-il platement, ses yeux me provo-quant presque de le contredire.

Je dus ouvrir grand la bouche, ce que je ne remar-quai que quand il tendit la main pour passer son doigt sous mon menton, un sourire amusé sur les lèvres. Sous le choc, je fermai la bouche et détournai le regard avec un souffle saccadé.

C'était tout ce dont je rêvais, mais je n'arrivais pas à le croire. Même si j'avais traversé le deuil horrible causé par une voiture en feu dans un accident horrible au lycée, qui avait presque pris la vie de ma meilleure amie et avait tué un de mes amis proches, il y avait une chose que je n'avais jamais vraiment réussi à digérer à propos de cette cruelle réalité dans laquelle nous vivons : tout peut changer en un clin d'œil.

Depuis lors, j'avais du mal à m'accrocher à mes espoirs sur quoi que ce soit, ou à croire en quoi que ce soit. Encore moins à croire que Nate avait soudainement changé de bord.

Pendant des années, il avait été le parfait don Juan. Tout le monde savait très bien ce qu'il cherchait : du fun et du sexe. Je ne voulais rien de tout ça. Je voulais le conte de fées, même si la part de moi qui était restée forte toutes ces années me riait au nez. J'étais pleine de contradictions.

La chaleur qui venait de la clim de sa voiture était la seule source de bruit. Le ciel avait perdu tout éclat de couleur, les étoiles brillaient de plus en plus fort dans l'obscurité au-dessus des sommets des montagnes, seules silhouettes sombres à l'horizon.

Je me tournai enfin à nouveau vers Nate pour le regarder parce que j'avais l'impression d'être un peu lâche. Son regard sombre soutint le mien, sans vaciller. Je ne savais pas quoi faire avec tout ça. Nate avait toujours été joueur, blagueur, l'inverse de son grand frère sérieux.

Je sentis la colère arriver et je m'y accrochai. Soudainement, je me souvins du début de cette conversation.

— Je n'arrive pas à croire que tu en as parlé à Alex, marmonnai-je.

Nate plissa les yeux.

— Et qu'est-ce que j'étais censé lui dire?

— Eh bien, tu n'étais pas obligé de m'embrasser, contestai-je.

— Depuis quand es-tu devenue lâche?

Oh, ça non.

— Je ne suis pas lâche putain, comment oses-tu dire ça? lançai-je, avec un ton plus violent que ce que je voulais.

Chapitre Vingt-Deux

HOLLY

Nate pencha la tête sur le côté, haussant un sourcil. Alors qu'il me regardait, son regard s'assombrit, appelant à une réponse de mon corps. Je détestais voir à quel point il m'affectait facilement. Il suffisait qu'il me lance un regard pour enflammer le désir que je portais en moi. Elle était toujours là, cette fournaise brûlante qui n'attendait que sa prochaine étincelle.

Je ne voulais pas réfléchir à quoi que ce soit. Pas à la vitesse à laquelle je tombais amoureuse de lui, ni au fait qu'il était soudainement intéressé par quelque chose de sérieux, ce que je trouvais profondément déroutant, et pas au fait que j'avais fait ma première fois avec lui, rien de tout ça. J'avais l'impression d'avoir été touchée par la foudre et que le tonnerre n'était pas loin. Je n'étais peut-être pas capable de comprendre mes sentiments, mais je pouvais me perdre en lui, me laisser aller à ce désir fou qui créait des feux d'artifice entre nous.

Je me penchai vers le tableau de bord, m'arrêtant à un centimètre de ses lèvres.

— Ne me traite jamais de lâche.

Nate resta silencieux, alors que l'air s'alourdissait entre nous. Puis nos lèvres se trouvèrent dans un baiser chaud, fou et sauvage. Quelques secondes plus tard, le désir prit le dessus – fort et instinctif, si puissant que nous étions presque capables de créer notre propre météo rien qu'en nous touchant. Je n'aurais pas été surprise si j'avais vu des flammes naître sur nos lèvres.

Je brûlais intérieurement. j'avais besoin de l'avoir en moi. Tout de suite.

Je fus sortie de cette folie quand quelqu'un frappa à la fenêtre côté conducteur. On se sépara, respirant tous les deux fort.

— Merde, marmonnai-je.

Nate rit doucement, ce qui ne fit que réveiller le reste de colère que son commentaire sur ma lâcheté avait causé. Ma colère ne faisait qu'alimenter mon désir. Quand il regarda par la fenêtre en se réajustant sur son siège, je remarquai que c'était Dan, l'un des aide-soignants de l'hôpital. Je ne le connaissais pas très bien, mais quand même.

Les ragots voyageaient à la vitesse de la lumière à Willow Brook, encore plus en plein hiver. Tout le monde s'ennuyait et cherchait quelque chose à faire, et il n'y avait pas de touristes pour les distraire. Il me paraissait impossible que ce gars n'ait pas remarqué qu'on s'embrassait, même si les vitres embrumées m'avaient peut-être sauvée.

Nate baissa la fenêtre.

— Oui? demanda-t-il.

— Je vous préviens juste que vous bloquez l'entrée des urgences. On a une ambulance qui arrive dans quelques minutes, répondit Dan.

Avant même d'avoir réfléchi, je me penchai vers Nate pour demander à Dan :

— Quelque chose de grave?

Dan écarquilla les yeux quand il me vit.

— Quelqu'un avec des douleurs thoraciques. Tu as fini ta garde. Rentre chez toi. T'as un problème avec ta voiture, au fait? demanda-t-il.

— La batterie est morte. Nate me raccompagne.

— Ça marche. Je suis sûr qu'on se croisera bientôt, dit-il.

Il recula avec un signe de main alors que la sirène retentissait au loin.

Nate remonta sa fenêtre et se mit en route. On resta silencieux quelques instants, alors que je réfléchissais à si mon collègue m'avait ou non vue rouler des patins à Nate dans sa voiture devant mon lieu de travail.

Mes joues étaient rouges à la simple idée de ce genre de ragots, sans parler de mon état de base d'excitation pure dès que j'étais proche de Nate.

— On va où? demanda-t-il encore une fois, comme si j'avais peut-être changé d'avis.

Pendant un instant, je réfléchissais à lui demander de me déposer chez moi et à lui dire de partir. Le problème était que j'avais trop envie de lui. Ma culotte était mouillée, mes tétons étaient si tendus qu'ils me faisaient mal et la vibration du désir animait chacune de mes cellules. Je tremblais presque.

— Chez toi.

Il s'arrêta au bout de la route qui menait à l'hôpital. Quand je le regardai, la simple sensation de son regard me fit frissonner.

— Oh, bouge, marmonnai-je.

Son rire était grave et rauque, me donnant la chair de poule.

———

Nate vivait à quelques minutes du centre de Willow Brook. Je savais que Nate avait construit cet endroit presque tout seul, avec un peu d'aide de son grand frère Caleb et de leur père, car Alex me l'avait dit. Je n'étais pas venu chez lui depuis longtemps, mais c'était exactement comme dans mon souvenir.

Il vivait dans une maison en bois. Même s'il faisait nuit, je savais qu'il avait une vue sur un champ et sur les montagnes au loin. Le ruisseau qui passait derrière chez mes parents passait aussi chez lui. J'avais grandi au bout de la rue, à quelques kilomètres à vol d'oiseau. Les parents de Nate vivaient juste à côté des miens, une proximité qui avait été la naissance de son amitié de toujours avec mon frère.

On se gara derrière sa maison, pour marcher jusqu'au petit porche qui menait dans la cuisine. En entrant, on secoua nos bottes pleines de neige sur le carrelage gris. La cuisine comptait un plan de travail tout le long du mur du fond, ainsi qu'un frigo d'un côté et un four et une gazinière de l'autre. À l'opposé du mur, il y avait un îlot ovale. Les plans de travail étaient en granit gris pour aller avec le sol. Les casseroles et poêles étaient accrochées au-dessus de l'îlot sur une étagère décorative. En dessous de l'îlot, un plancher en bois séparait la cuisine du salon ouvert et du coin assis.

Je regardai vers le coin opposé où un poêle à bois était installé avec des fauteuils autour. De l'autre côté, un écran plat était installé au mur. Le canapé d'angle était au beau milieu de la pièce de telle façon qu'il permettait de voir la télé, la vue sur le jardin et les montagnes. Comme dans de nombreuses maisons en Alaska, il y avait des fenêtres qui allaient du plafond au sol pour profiter autant que possible de la vue.

L'étage ne faisait que la moitié de la taille du rez-de-chaussée, avec des escaliers qui menaient vers un grand balcon pour admirer la vue du premier étage. À l'instant, je réalisai que je n'étais jamais allée à l'étage, chez Nate. Il avait construit cette maison cinq ans plus tôt quand il avait obtenu son permis de vol. Même si j'étais déjà venue ici, je n'avais jamais eu de raison de monter à l'étage, et je supposais que c'était là où se trouvaient les chambres.

Nate faisait de petites soirées de temps en temps, ce qui voulait bien entendu dire que mon frère était invité, et moi par extension. Soudainement, le poids de tout ce qui se passait entre nous me frappa. Je ne voulais pas y réfléchir tout de suite, pas du tout.

Je me tournai et retirai mes bottes alors que Nate sortait à nouveau dehors pour jeter du sel et du sable sur le porche. Si ça avait été n'importe quel autre homme, j'aurais été tendue à l'idée d'être chez lui. Avec Nate, je vivais un mélange de familier et de nouveau. Tout avait changé dans notre amitié. Les seuls moments où je ne faisais pas des tours dans ma tête, en m'emmêlant et tombant régulièrement, c'était parce que nous étions emmêlés l'un dans l'autre, menés par ce désir fou et brûlant qui faisait disparaître mes inquiétudes.

J'accrochai mon manteau au porte-manteau à côté de la porte, et levai les yeux quand il entra à nouveau dans la maison, suivi par un vent froid. Mes tétons pointèrent en réponse alors que l'air frais traversait le tissu de mon t-shirt. J'étais habillée de la façon la moins sexy du monde. Je portais une blouse d'infirmière violette ce soir, une couleur joyeuse pour quand je passais une longue journée à l'hôpital. Je préférais des vêtements un peu trop grands quand je travaillais parce que je voulais être à l'aise.

C'était parfaitement à l'opposé de ce que je portais lors de cette fameuse vente aux enchères. En prenant une petite respiration tremblante, je me forçai à rester calme. Mais le désir battait dans mon corps comme un tambour, mon besoin se liquéfiait dans mes veines et me disait qu'il n'y avait qu'une seule façon de se sentir mieux.

Nate jeta un pot en plastique vide dans le seau de sel et sable qui se tenait à côté de la porte avant d'en refermer le couvercle. Après avoir retiré ses bottes et son manteau, il se tourna vers moi.

Mes yeux, si coquins soient-ils, caressèrent son corps de bas en haut, avalant chaque centimètre de lui. Il sentait l'air de l'hiver avec une pointe de fumée qui s'accrochait à lui. Il portait un jean, lâche et clair, rempli par les muscles de ses cuisses. Mes yeux remontèrent, passant sur son t-shirt en coton qui ne faisait pas grand-chose pour cacher les muscles de son torse et de ses épaules. Je n'avais pas raté le détail au niveau de sa braguette, prouvant qu'il était clairement excité.

Un éclair de soulagement me traversa. Au moins, je n'étais pas la seule à être perdue dans cette folie. Mon agitation me secoua. Il fallait que je bouge, j'avais besoin de faire quelque chose avec cette tornade d'émotions et de désir qui me traversait. Mes pensées rebondirent dans mon esprit, essayant de prendre l'espace que la luxure pure occupait.

Je m'approchai de Nate, et passai fièrement ma main sur la bosse de son excitation, me penchant pour embrasser ses lèvres. Je le pris par surprise, son souffle sortant en un grognement contre mes lèvres. Je reculai rapidement et déboutonnai sa braguette d'un simple geste, plongeant ma main dans son caleçon pour sentir sa queue. La peau soyeuse et chaude de son membre, décoré d'une goutte de liquide pré-séminal, me salua alors que je baissais le regard.

Je le poussai contre la porte et me mis à genoux,

attrapant cette goutte avec ma langue. La satisfaction me traversa quand il soupira mon nom rigoureusement, sa main s'emmêlant dans mes cheveux. Ce n'était pas ma première pipe et je décidai de le faire grimper au rideau comme ce que lui me faisait. En passant ma langue sous son membre, j'arrivai au niveau de son gland que je léchai généreusement, savourant le goût salé de son sperme avant de le prendre entièrement en bouche, jusqu'à la base de sa queue, pompant et suçant sa longueur.

Ce n'était pas comme si j'avais encore des doutes sur le fait que Nate était bien monté, mais c'était la première fois que je m'approchais de si près. Il était long, épais et dur, me rappelant exactement pourquoi j'avais encore quelques courbatures après l'autre nuit. J'entendis sa tête taper contre le mur pendant que je le branlais doucement pour suivre le mouvement de ma bouche.

Une autre goutte de liquide pré-séminal arriva sur ma langue.

— Holly, murmura-t-il, d'une voix rauque.

Sa main se resserra dans mes cheveux et la brûlure sur mon crâne était une sensation que j'accueillis avec plaisir pour me distraire du besoin qui tournait en moi. Je reculai, amenant doucement ma langue jusqu'au gland. Avec un grognement retenu, il essayait de me forcer à me lever, mais je n'en avais pas l'intention. Résolue à lui faire perdre la tête, je reculai doucement avant de l'avaler jusqu'à ce que le bout de sa queue arrive au fond de ma gorge. Après un autre va-et-vient sur toute sa longueur, je sentis le battement de sa queue, savourant son cri rauque quand il prononça mon nom en explosant.

J'attendis quelques instants avant de ralentir, y allant plus doucement avec les derniers coups de langue. Alors que je me relevais, j'ouvris les yeux pour le regarder. Il était affalé contre la porte, tellement sexy qu'il m'en coupa le souffle. Un désir violent s'empara de moi. Avec son jean ouvert qui tombait et son t-shirt remonté, il me regardait intensément avec les paupières à moitié fermées. La brève pointe de pouvoir que j'avais ressentie en l'ayant mis à genoux, métaphoriquement, se dissipa quand je vis la chaleur dans ses yeux.

Cet homme. Seul cet homme pouvait me faire fondre avec un simple regard.

Alors que ses yeux sombres attrapaient les miens, il s'éloigna de la porte en s'aidant de son pied. En un instant, il me levait contre lui, sans s'inquiéter de l'état de ses vêtements. Mes jambes s'enroulèrent autour de sa taille par réflexe et un gémissement m'échappa quand il me mordit le cou. Je sentis une chaleur m'envahir. Il n'hésita pas une seule seconde, traversant rapidement le salon pour aller vers les escaliers, me portant sans effort. Sa prise était forte, le genre d'embrasse qui vous fait vous sentir en sécurité, comme s'il me protégerait toujours. J'imaginais que ce serait le cas. De plus d'une façon.

Déchirée par le besoin alors qu'il m'emmenait à l'étage, je déposai des baisers le long de son cou, savourant le goût salé de sa peau et le battement rapide de son cœur. Puis, on passa la porte de la chambre principale. Avec un coup de coude sur l'interrupteur juste à côté de la porte, deux lampes s'allumèrent dans les coins, illuminant la pièce d'une douce lueur dorée.

J'eus à peine le temps d'observer la pièce – un grand lit double au centre, proche du sol, avec des bibliothèques encastrées de chaque côté de la tête de lit et une commode sous la fenêtre; c'était tout ce qu'il y avait dans cette chambre.

Nate me jeta presque sur le lit, me regardant de haut avec des yeux sombres.

— J'ai besoin de toi, dit-il simplement, ces quelques mots me serrant le sexe.

On retira avec précipitation les vêtements qu'il nous restait. Avant que je ne m'en rende compte, le matelas avait changé d'équilibre alors que son genou était entre mes cuisses. Mes tétons pointaient, mon bas-ventre était tendu, et j'étais trempée, tellement trempée que je le supportais à peine.

Son regard caressa mon corps d'une chaleur qui me fit frissonner. Quand ses yeux retrouvèrent les miens, un sourire malin les animait.

— À ton tour.

Chapitre Vingt-Trois

NATE

La peau de Holly brillait sous la lumière douce des lampes qui se tenaient de chaque côté du lit. Ses tétons étaient tendus comme deux petites perles roses, alors que ses seins étaient ronds et pleins. Un éclair de luxure me traversa. Mon corps avait déjà oublié qu'elle m'avait fait jouir quelques minutes plus tôt. Ma queue était déjà gonflée et douloureuse. Je m'accrochais à peine au peu de contrôle qu'il me restait, mais j'attendrais. J'avais besoin de savourer ce moment, de la savourer elle.

En me penchant légèrement en arrière, je passai le bout de mes doigts sur l'intérieur de ses cuisses, en regardant ses lèvres se séparer en un gémissement alors qu'elle se tortillait. Sa langue lécha sa lèvre inférieure tandis qu'elle me regardait droit dans les yeux.

C'était ce que j'adorais chez Holly. Elle n'hésitait pas, elle n'avait jamais peur de me regarder. À l'instant, je réalisai que j'étais le seul homme à l'avoir vue comme ça. Je ne m'étais jamais vu comme un homme possessif, ce n'était pas vraiment dans ma nature.

Mais Holly me prouvait l'inverse. L'idée qu'aucun

autre homme n'ait été en elle à part moi réveillait cette possessivité et ce besoin sauvage de la posséder. Je ne pouvais même pas imaginer qu'un autre homme soit dans cette position. Je remontai mes doigts et passai mes phalanges sur son ventre alors qu'elle se tortillait sous mon toucher.

En prenant l'un de ses seins dans ma paume, j'en savourai le poids sous la caresse de sa peau soyeuse, et je me délectai de la façon dont son téton se tendit davantage quand je le touchai de mon pouce, avant de le pincer doucement. Je ne pouvais plus me retenir, me penchant en avant pour prendre son autre sein dans ma bouche, enroulant ma langue sur son téton et le suçant doucement avant de le mordre du bout des dents.

Elle était tellement réactive, se cambrant contre moi et enfouissant sa main dans mes cheveux pour s'y agripper alors qu'elle se tordait. Je savais que si j'approchais mes hanches d'elle tout de suite, ce serait la fin. Le besoin de m'enfoncer dans son centre trempé prendrait le dessus sur tout le reste.

Je me retins et passai ma langue autour de son sein alors que mes mains se baladaient le long de son corps, déposant des baisers sur la courbe de son ventre et écartant ses cuisses. Dans un souffle étouffé, elle retomba contre les coussins. Je levai la tête pour la regarder. Son souffle était saccadé, ses seins montant et descendant rapidement. Ses longs cheveux blonds étaient emmêlés sur l'oreiller et ses joues étaient rouges.

Elle était tellement belle et sexy, elle me coupait le souffle. Je laissai mes yeux descendre. Son centre était rose, mouillé et brillant. Je passai mes doigts entre ses plis lisses, regardant ses hanches se soulever à mon toucher.

— Dis-moi ce que tu veux, murmurai-je en regardant son visage.

Elle se força à ouvrir les yeux, un regard sombre et brûlant.

— Plus de ça? demandai-je en passant mon doigt juste devant son entrée.

— Nate! dit-elle avec un gémissement alors que je plongeais un doigt en elle.

J'avais envie de l'embêter un peu plus, mais, comme d'habitude, j'adorais la voir se perdre dans cette folie. Alors que ses hanches se soulevaient pour rencontrer la caresse de mon doigt, j'en ajoutai un deuxième. J'approchai ma bouche d'elle, grognant de satisfaction quand elle hurla, cambrant ses hanches contre ma langue alors que je l'enroulais autour de son clitoris tout en enfonçant mes doigts en elle.

Elle était déjà près de l'orgasme. Je sentais que ça s'accélérait avec chaque mouvement de mes doigts. Je la bus, son jus épais sur ma main et dans ma bouche. Encore quelques caresses puis elle hurla et trembla contre moi. Son corps entier se secoua alors que son canal se refermait sur mes doigts. Je me retirai doucement, quittant cette position à contrecœur. Ce qui surpassait mon envie de la goûter encore était mon envie de m'enfoncer en elle.

Je me levai, m'arrêtai un instant, ma queue gonflait quand je la regardais. Sa peau était rougie de passion, ses pupilles étaient sombres et dilatées quand elle se força à ouvrir les yeux, mon cœur se serra fort dans ma poitrine, se mettant à battre si fort que je n'arrivais presque plus à penser au-delà de l'émotion qui me traversait.

Je savais dès le début que cette histoire avec Holly était bien plus importante qu'avec n'importe quelle autre femme dans ma vie. Mais rien ne m'avait préparé pour cette connexion perforante avec elle. La profondeur et la douceur de ce lien étaient une torture au centre de mon cœur.

Je n'aurais pas pu savoir que me laisser aller au désir entre nous ne ferait qu'alimenter une flamme qui me réduirait en cendres, et réclamait que je connaisse chaque partie de son corps, cœur et âme. Entièrement.

Elle bougea les jambes, m'attrapant, passant ses doigts sur mon torse. Le toucher subtil était comme un fouet sur ma peau, des flammes naissant sur son passage. En prenant ma queue en main, j'en passai la tête entre ses plis, m'accrochant à mon contrôle alors qu'elle gémissait, son corps tremblant encore des échos de son orgasme.

En un coup rapide, je la remplis, son centre mouillé m'avalant et se resserrant autour de moi. Je me penchai doucement en avant, m'installant au-dessus d'elle, grognant à la sensation de sa peau humide et soyeuse contre la mienne, sa douceur contre mes muscles durs.

Alors que je m'installais sur elle, la réalité me frappa en plein visage, et je commençai à reculer rapidement, mais pas assez vite. Elle enroula ses jambes autour de moi et me maintint en place.

— Où tu vas? jeta-t-elle d'une voix rauque et dominante.

Dieu. J'aimais cette femme plus que tout.

— Capote, grognai-je.

— On n'en a pas déjà parlé? murmura-t-elle. J'ai une injection contraceptive. Je suis infirmière, bon sang. Et je suis parfaitement saine. Et je te fais confiance parce que tu es un fichu scout, dit-elle avec un sourire malin.

Puisque j'étais déjà enfoncé en elle jusqu'à la garde, la dernière chose dont j'avais envie était de me retirer pour mettre un mur entre nous. Mais c'était à elle de décider.

— Tu es sûre? demandai-je en regardant ses yeux.

Ils s'écarquillèrent, emplis d'impatience.

— Oh mon Dieu, oui!

Je n'eus pas besoin qu'elle le répète, encore moins quand ses hanches se cambrèrent contre moi, m'ordonnant de continuer. En plongeant la tête, j'attrapai ses lèvres pour l'embrasser alors que je reculais pour la remplir à nouveau.

J'avais l'impression d'être un ado. J'aurais dû être déjà satisfait, depuis le moment où elle s'était occupée de moi avec ses lèvres. Mais non, j'étais déjà en train de chercher une nouvelle explosion, mes couilles se serrant et la chaleur se tordant à la base de ma colonne vertébrale. Elle gémit dans ma bouche alors que je plongeais encore une fois en elle, arrachant ses lèvres aux miennes dans un cri fou.

Mes hanches battirent contre les siennes, des bruits humides de nos corps qui se rencontraient animant chaque va-et-vient. Je sentis sa chatte vibrer et se serrer autour de mon membre avant que son corps entier ne frissonne à nouveau alors qu'elle hurlait mon nom d'une voix rauque. Je me perdis dans le plaisir avec elle, explosant comme un violent orage qui traversait mon corps. Je tombai sur elle, roulant rapidement sur le côté et l'emmenant avec moi.

Elle était détendue et douce contre moi, de petits sursauts de son orgasme traversant encore son corps, sa chatte serrant doucement ma queue. J'avais l'impression d'avoir été renversé par un poids lourd, étalé au sol, mais traversé d'un plaisir si profond que j'en étais mort.

On resta allongés, emmêlés l'un dans l'autre, alors que seul le son de nos souffles remplissait la pièce. Les pensées revinrent doucement à mon cerveau. Je ne voulais pas que Holly bouge, jamais. On aurait pu rester juste là, dans mon lit, et refaire ça mille fois. Peut-être que ça me donnerait assez de satisfaction pour rendre le désir qu'elle éveillait en moi supportable, mais j'en doutais.

Après quelques minutes, je la sentis bouger. En ouvrant les yeux, je croisai son regard quand elle leva la tête pour poser son menton sur mon torse. Ses yeux observèrent les miens, et mon cœur continua de battre fort contre mes côtes. Je ne savais pas ce que j'étais pour Holly, mais je savais très bien ce qu'elle était pour moi. Elle m'avait détruit, aucune autre femme ne lui arriverait jamais à la cheville. J'avais besoin de faire tout ce qui était en mon pouvoir pour qu'elle pense la même chose de moi.

— Merci de m'avoir déposée, dit-elle en souriant.

Pendant un instant, je ne compris pas, puis ça me revint. J'avais complètement oublié que sa voiture n'avait pas démarré et que c'était comme ça qu'on en était arrivés là.

— À ton service, répondis-je.

Je me réveillai au milieu de la nuit, le corps chaud et doux de Holly à côté du mien. J'étais enroulé derrière elle, la tenant serrée contre ma bosse du matin. Je ne réfléchis même pas, mon corps prit les commandes. En passant ma main sur la courbe de son ventre et en passant mes doigts entre ses cuisses, je trouvai un centre chaud, mouillé et prêt. Elle murmura mon nom, un son érotique qui réveilla tout mon corps. En levant doucement sa jambe, je plongeai en elle. Ce fut une interruption de sommeil courte, lente, ultra sensuelle, dans le noir.

La dernière chose dont je me souvenais après ça était de m'être endormi encore enfoui en elle, juste après qu'elle m'eut embrassé sur la joue. Quand je me réveillai à nouveau plus tard, les draps étaient froids et Holly n'était pas là.

Je n'avais jamais paniqué en me réveillant un matin car je ne trouvais pas la femme avec qui je m'étais endormi encore dans mon lit. Mais là, j'étais en panique. J'écartai la couverture et sortis du lit. Après avoir enfilé un caleçon et être arrivé dans la cuisine, je trouvai un mot à côté de la machine à café. Le café était encore chaud, ce qui voulait dire qu'elle n'était pas partie il y a très longtemps.

Nate, merci encore de m'avoir déposée hier soir. On m'a appelée pour une garde d'urgence. Un ami du boulot est venu me chercher. Je suis sûre que je te reverrai bientôt.

Holly

Je ne savais pas ce qui me faisait cet effet-là dans ce message, mais je savais que Holly avait décidé de mettre de la distance entre nous. Et ça ne me plaisait pas du tout.

HOLLY

— Oh mon Dieu! Tu te fiches de moi! dis-je en me penchant devant Charlie pour regarder Jesse.

Jesse haussa les épaules et leva les yeux au ciel.

— Non, je déconne pas.

— Je te jure, un jour elle va vraiment se faire mal si elle continue d'essayer des trucs comme ça, ajoutai-je.

— Ça c'est sûr, répondit Charlie. Je veux dire, je m'inquiète aussi pour ma mère, mais au moins elle vit avec nous. Carrie, elle, refuse de déménager et insiste pour vivre seule. Elle va très bien, c'est le principal, mais maintenant elle passe sa vie à grimper dans les arbres pour récupérer ce chaton.

— Ouais, ce chat adore monter bien plus haut que le vieux Herman, dit Beck Steele, assis à côté de sa femme Maisie, en face de nous à la table.

Beck était un autre pompier et Maisie était l'opératrice principale de la caserne de Willow Brook. Beck était tombé fou amoureux d'elle quelques années plus tôt et, maintenant, ils avaient deux enfants.

Je pris une gorgée de mon verre. D'habitude, je commandais de la bière ou du vin, mais, ce soir, le bar avait une offre spéciale sur les margaritas. Ella rit à côté de moi. En lui jetant un regard, j'étais sur le point de lui demander quelque chose quand j'entendis la voix de Nate. Je me tournai vers ce son par réflexe, avant de revenir immédiatement vers Ella quand elle marmonna quelque chose dans sa barbe.

Même si je n'avais pas entendu ce qu'elle venait de dire, on était amies depuis la maternelle. Je savais très bien qu'elle se moquait de moi.

— Quoi?

Heureusement, tout le monde à la table était occupé sur d'autres sujets, que ce soit le vieux chat de Carrie, Herman, ou son nouveau chaton, ou la météo et autres sujets triviaux.

— J'ai dit, quelqu'un à une ouïe de fou ce soir. Il est à l'autre bout du bar, bon sang, expliqua Ella.

Je pris une autre gorgée de ma margarita et levai les yeux au ciel, sentant mes joues rougir et remerciant le Wildlands d'avoir une ambiance tamisée. Nous dînions tous ensemble, ce qui n'était pas peu commun. Charlie et Jesse étaient là, ainsi que Maisie, Beck, Ella et Caleb. Ce n'était pas la première fois que j'étais profondément consciente du fait d'être célibataire.

J'étais assez soulagée du fait que Rachel Garrett soit sur le point de nous rejoindre. Rachel était assistante médicale au cabinet généraliste de Willow Brook. C'était une amie, et elle aussi était célibataire. C'était agréable de ne pas être la seule. Nate – et mon frère, mince – s'approchèrent de notre table avec Remy Martin. Remy était nouveau à Willow Brook, il venait de prendre un poste dans l'une des équipes de pompiers forestiers. C'était un garçon du Sud, venu de Louisiane. Il avait déménagé ici après un temps dans une équipe de pompiers forestiers dans l'État de Washington, dans les montagnes, ce qui voulait dire qu'il avait déjà affronté des hivers rudes.

En levant les yeux, au moment où je posai le regard sur Nate, mon ventre se serra, et cette chaleur maintenant bien trop familière s'enflamma dans mon centre, irradiant tout mon corps. Je me forçai à détourner les yeux de Nate. La dernière chose dont j'avais envie était de me retrouver tout excitée par lui alors que mon frère était juste là. J'avais réussi à éviter tout commentaire de la part d'Alex au sujet de Nate, par miracle. Ça m'énervait encore de savoir qu'il avait vu Nate m'embrasser.

Quand je détournai les yeux de Nate, mon regard se posa sur Remy. Je forçai mon corps à remarquer à quel point Remy était sexy. Car, bon sang, cet homme avait tout pour lui : des cheveux ambre et de parfaits yeux verts qui contrastaient. C'était impossible d'être pompier forestier sans être dans une forme physique parfaite, et Remy rentrait dans les cases, tout de muscles, se déplaçant avec grâce et agilité. Il avait un sourire un peu malin et un accent du Sud ultra sexy qui allait avec. Bref, il était super canon.

J'aurais pu remarquer tout ça, objectivement, mais je ne ressentais absolument rien quand je le regardais. Il aurait tout aussi bien pu être mon frère. Merde.

Il s'était écoulé trois jours depuis que je m'étais réveillée chez Nate et que j'avais fui. Au lieu de prendre quelques jours de repos comme prévu, j'avais demandé des gardes supplémentaires quand j'avais entendu que deux infirmiers étaient malades. Je travaillais comme une folle et j'étais crevée, mais j'avais une réponse simple si Nate me demandait pourquoi il ne m'avait pas vue. Je travaillais.

Ceux d'entre nous qui étions déjà installés bougèrent pour faire de la place autour de cette immense table installée dans un coin du bar. Remy attrapa la chaise vide à côté de moi avant que Nate ne puisse le faire, ce qui m'allait très bien, et Nate se retrouva à un angle de la table, en face de moi. Il ne pourrait pas m'exciter en me touchant. J'étais à la fois soulagée et déçue. Fiou.

— Salut Holl, lança Alex depuis l'autre bout de la table quand il s'installa à côté de Nate.

Je levai la main pour lui faire un coucou et lui lançai un sourire tendu.

— Salut les gars, ça va?

— On t'a pas vue depuis des jours, répondit Nate d'un ton piquant, son regard s'attardant sur moi un peu plus longtemps que je ne le voudrais devant ce groupe.

Le regard d'Alex valsa entre Nate et moi, bien trop informé. Rien de tout cela n'était agréable pour moi. Heureusement, Beck dit quelque chose à Nate, le tirant dans une conversation et me permettant de boire ma margarita et de faire de mon mieux pour l'ignorer.

— Comment ça va chérie? demanda Remy poliment, à côté de moi.

Oh, et Remy disait chérie à tout va, ça et plein d'autres petits surnoms. C'était assez mignon et ça ajoutait à son quota de sexy. Et pourtant, toujours pas une pointe d'attraction en moi.

Je levai les yeux, tentant encore une fois de trouver une sorte d'alchimie au-delà de mon appréciation objective de sa beauté. Rien, absolument rien. Je lui souris.

— Ça va bien. Tu t'habitues à Willow Brook? C'est ton premier hiver ici, non? demandai-je.

— Tout à fait! dit-il avec son accent du Sud. J'adore cette ville. J'adore la neige, sûrement parce que je n'en avais jamais vu avant de quitter la Louisiane. C'est mon premier hiver ici, mais j'ai passé l'hiver dans les montagnes de Washington, donc ce n'est pas comme si je n'étais pas préparé. Il fait un peu plus sombre ici, un peu plus froid, mais je m'en sors bien.

Rachel arriva juste à ce moment-là, répondant à Remy alors qu'elle se glissait sur une chaise à côté de lui.

— Tu es sûr?

Remy la regarda.

— Oui, ma belle. Je suis certain. Je n'ai jamais eu de mal à rester chaud, répondit-il, joueur.

Je regardai Rachel juste à ce moment-là et remarquai ses joues rougir. Oh, eh bien…

J'imagine que c'était pratique que Remy ne m'intéresse pas vraiment physiquement car Rachel avait clairement une réaction. La conversation continua autour de moi et la soirée suivit son cours habituel. La seule chose hors du commun, pour ainsi dire, était un regard occasionnel de la part de Nate.

J'entendis Alex lui demander quelque chose et je ne pus m'empêcher de tendre l'oreille.

— À quelle heure tu pars pour ton weekend?

— Demain, répondit Nate.

Juste à ce moment-là, une femme s'approcha de la table en appelant Nate. En regardant vers elle, je pris un instant pour l'observer. Elle avait un sourire charmeur et de longs cheveux noirs qui cascadaient sur ses épaules. Elle s'arrêta juste derrière lui, posant sa main sur son épaule.

Je n'avais aucun doute sur le fait que, qui qu'elle soit, cette femme et Nate avaient couché ensemble. Elle était très belle, grande avec des jambes qui n'en finissaient pas. Et bien sûr, elle n'avait pas autant de formes que moi. C'était le genre de femme qui, pendant mes mauvais jours, me faisait me sentir mal dans ma peau.

À l'instant, après trois jours à éviter Nate, sa présence et son approche de flirt étaient l'équivalent d'un coup de marteau sur le cercueil de cette décision stupide que j'avais prise de me laisser aller avec Nate.

Je vis les yeux de Nate s'écarquiller légèrement de surprise.

— Oh, salut Brenda, dit-il simplement. Je ne savais pas que tu étais en ville.

Je baissai les yeux quand elle lui serra l'épaule et passa sa main le long de son bras. Je savais très bien, bien plus que je ne l'aurais voulu, à quel point les épaules de Nate étaient musclées. Je pris une respiration saccadée, en essayant de forcer la jalousie à disparaître. Je n'avais aucune raison d'être jalouse. J'étais folle.

— Tu n'avais pas réalisé que je faisais partie du groupe que tu emmènes à l'hôtel demain? demanda Brenda.

Nate secoua la tête, une pointe de tension traversant son visage. Si je ne le connaissais pas aussi bien, je n'aurais rien remarqué. Mais je le connaissais, plutôt bien.

— Nan, j'ai raté ce détail. Je n'ai pas la liste des noms de tout le monde, juste le nombre de passagers et le contact principal.

Brenda rit doucement, sa main toujours posée sur son épaule.

— Eh bah ça va être un super voyage. J'espère que tu as prévu de passer le weekend sur place.

Je sentais le regard d'Ella posé sur moi, dans le coin de mon regard, et décidai soudainement que c'était mieux pour moi de ne pas rester ici à regarder cette petite scène. Je savais maintenant ce que Nate allait faire tout le weekend. Et surtout avec qui.

— Il faut que j'y aille, dis-je d'une voix basse en me penchant vers Ella.

Son regard vert trouva le mien, plein d'inquiétude.

— T'es sûre? demanda-t-elle.

— Bien sûr, répondis-je rapidement, sans aucune envie d'attendre.

Je terminai ma margarita et me levai, rassemblant rapidement mon manteau et mon sac avant de partir en faisant un coucou général à la table.

Je vis Nate me regarder, mais Brenda lui parlait encore. Je me dépêchai de rentrer chez moi, courant presque sur le trottoir. Une neige légère tombait du ciel sombre, la demi-lune était cachée par les nuages et les flocons.

Quelques minutes plus tard, je fermais la porte de mon appartement, la fermant à clé et m'affalant contre le bois avec un grand soupir. Des larmes chaudes coulaient sur mes joues. J'avais tout gâché. C'était vraiment horrible.

Je savais qu'il fallait que je mette de la distance entre Nate et moi. Dans ma tête, je savais très bien qu'il allait passer à autre chose. Mais je ne m'étais pas préparée à ce que ça me ferait de voir l'action se dérouler juste sous mon nez.

En m'écartant de la porte, j'essuyai mes larmes et retirai mon manteau. Je traversai le salon, allumai le chauffage et mis de l'eau à bouillir. J'avais besoin de thé. Soit ça, soit de boire une bouteille de vin toute seule pour essayer d'oublier tout ce qui s'était passé entre Nate et moi.

· · ·

Juste après avoir allumé le gaz sous la bouilloire et m'être dirigée vers la salle de bains pour faire couler de l'eau, quelqu'un frappa à ma porte avec précipitation. Mon cœur se mit à battre la chamade. Une partie de moi espérait follement que c'était Nate, venu me déclarer son amour. Mais une autre partie de moi savait qu'il fallait que je regarde les choses en face et que je lui dise la vérité. Il fallait qu'on arrête de se voir. Tout de suite.

Même si j'étais déchirée intérieurement, je m'accrochai à la colère et la jalousie qui brûlaient en moi. C'était ce qui me permettrait de traverser ce moment. Je m'avançai vers la porte et l'ouvris grand.

Nate se tenait là, les joues rougies par le froid et ses yeux plongeant dans les miens.

— Pourquoi est-ce que tu m'évites? demanda-t-il.

— Parce que, tout ça...

Je m'arrêtai en nous désignant tous les deux du doigt.

— ... il faut que ça s'arrête. Va passer le weekend avec Brenda. Je ne veux pas te mettre des bâtons dans les roues. Et ne te dis pas qu'il va se passer quoi que ce soit d'autre entre nous.

J'étais furieuse, mes émotions et mes larmes serraient ma poitrine et ma gorge, mais je refusais de m'effondrer devant Nate. J'avais bien trop de fierté et je ne voulais pas lui faire ce cadeau.

— De quoi tu parles putain, Holly? contra-t-il, s'avançant pour passer la porte.

Je l'arrêtai, mettant mes mains de chaque côté de la porte.

— T'es sérieuse?

— Oui, je suis sérieuse.

Je me sentis commencer à craquer et je m'accrochai à ma colère, la seule chose qui retenait encore mes larmes.

Nate était mon ami et celui de mon frère depuis toujours. Et nous avions tout gâché. Nous avions couché ensemble, nous étions devenus bien plus intimes que je ne l'avais été avec qui que ce soit dans ma vie. Quoi que je me dise intellectuellement, je ne pourrais jamais oublier ce que ça faisait d'être avec lui, tous mes espoirs avaient été déversés dans cette intimité.

Une pointe de vulnérabilité apparut.

— Écoute, je ne peux pas faire ça, okay? Je te l'ai dit depuis le début, je ne peux pas gérer une aventure sans attaches. Il faut que ça s'arrête. Tu fais ce que tu veux de ta vie, mais je ne peux pas continuer. Je crois que tu sais que je veux plus que ce que tu es prêt à offrir.

Il me regarda, plissant les yeux et quelque chose brilla au fond de son regard. J'étais trop émotive et fatiguée pour interpréter quoi que ce soit clairement. Je m'accrochai à mon contrôle, mes mains serrant la porte comme si elle pouvait me permettre de tenir.

— Holly, je te l'ai déjà dit. Tu es plus que ça pour moi.

— Oui, tu l'as dit, mais tu n'as pas l'air capable de m'expliquer ce que ça veut dire. Va en weekend.

Je m'arrêtai, j'attendais, peut-être pour lui donner assez de temps pour dire quelque chose s'il avait quoi que ce soit à dire. Il ne dit rien. Je m'endurcis, je réussis à hocher la tête.

— Bonne nuit.

Je ne pouvais pas attendre plus longtemps, je reculai et fermai la porte rapidement. Je n'étais jamais malpolie, mais il fallait que cette conversation s'arrête.

Je fermai le verrou et ignorai Nate quand il appela mon nom et frappa à la porte.

— Ce n'est pas terminé, Holly.

En enroulant mes bras autour de ma taille, je fermai les yeux, en attendant jusqu'à ce que j'entende ses pas s'éloigner dans les marches. Le son de sa voiture qui démarrait s'ensuivit. Je regardai par la fenêtre alors qu'il tournait sur la grand-rue, la lueur de ses phares arrière disparaissant rapidement dans la nuit enneigée.

Puis je pleurai. J'avais mon thé, je pris mon bain. Rien de tout cela ne me fit me sentir mieux.

Chapitre Vingt-Cinq

NATE

Je m'adossai à une chaise devant la cheminée en regardant Dave et Nancy.

— Je ne sais pas s'ils vont réussir à beaucoup skier avec cette tempête, observai-je.

Je fis rouler ma tête sur un côté de la chaise et regardai par la fenêtre vers la nuit noire. Les lumières de l'hôtel illuminaient les flocons de neige. Le ciel avait été dégagé pour mon vol ce matin, puis d'épais nuages étaient apparus. Il s'était mis à neiger quelques heures plus tôt, le tout suivi de vents froids.

Brenda avait été très claire sur le fait qu'elle serait ravie que je la rejoigne ce soir. L'idée m'en retournait l'estomac, et ça n'avait rien à voir avec Brenda. Elle était toujours aussi belle, drôle et dragueuse qu'avant, et elle ne voulait rien de plus qu'un peu de fun au lit.

Un an plus tôt, j'aurais joyeusement accepté. Ce soir, ça ne m'intéressait pas le moins du monde. Je n'arrivais pas à penser à quoi que ce soit d'autre qu'à Holly et la façon dont elle m'avait claqué la porte au nez la veille.

Brenda ne remarquait pas vraiment mes signaux et

vint s'installer sur une chaise en face de moi, croisant les jambes et tournant son visage vers moi.

— Alors Nate, quoi de neuf? demanda-t-elle d'une voix suave.

— Oh, juste plein de boulot, comme d'hab, répondis-je.

Dave croisa mon regard et j'y vis la question qu'il se posait.

— Combien t'as de trajets cet hiver? demanda-t-il.

Dave me connaissait bien. Et même s'il ne savait pas ce qu'il se passait, il semblait savoir que je voulais que cette conversation reste mondaine.

— Je ne sais jamais qui s'occupe des vols.

— Après celui-là, j'en ai deux de plus, et après c'est tout jusqu'à l'été. J'en aurais accepté plus, mais je préfère ne pas trop charger en hiver, expliquai-je.

— Je suis sûre que tu aimerais pouvoir venir ici deux ou trois fois de plus cet hiver, offrit Brenda avec un sourire joueur.

C'était son signal à elle pour essayer de reprendre la conversation qu'elle avait déjà essayé de lancer plus tôt avec moi. Je n'étais pas vraiment partant et, heureusement, d'autres membres de son groupe arrivèrent. Dave et Nancy continuèrent d'animer la conversation, me permettant de rester assez silencieux. Un peu plus tard, je me levai, saluant le groupe d'un signe de main.

— Je vais aller me coucher. J'espère que vous aurez une météo sympa demain.

Je courai presque à l'étage, fermant et verrouillant ma porte. Ça semblait peut-être un peu ridicule mais, la dernière que j'étais ici en même temps que Brenda, elle m'avait rejoint tard dans la nuit. Ce soir, je voulais juste dormir.

Le lendemain matin, j'étais debout avant que le

soleil ne se lève. Je voyais encore les étoiles dans le ciel alors qu'une lumière grise filtrait à travers le ciel bleu sombre, le tirant doucement vers le jour. Après avoir enfilé des vêtements, je descendis vers la cuisine où je supposais trouver Nancy et Dave. Outre le fait qu'ils étaient de vieux amis, je venais ici assez souvent pour qu'ils n'aient pas besoin de faire quoi que ce soit de spécial pour moi. J'avais le droit de débarquer dans leur appartement quand je voulais.

Je les trouvai exactement où je pensais les trouver, Nancy préparait le petit déjeuner et Dave l'aidait, tout en buvant du café. Dave me regarda quand je passai la porte et me lança un sourire.

— Bonjour Nate, lança-t-il.

— Le café est prêt, ajouta Nancy en guise de bonjour, désignant la cafetière du coude, sur le comptoir derrière elle.

Je fis le tour de la table en acier qui trônait au centre de la cuisine. Après m'être servi une tasse, je m'installai sur un tabouret en face d'eux, de l'autre côté de la table.

— Comment ça va, ce matin? demandai-je.

Dave continua de couper des pommes de terre, son couteau travaillant rapidement alors qu'il en faisait de petits cubes.

— Bien, maintenant que j'ai presque fini mon café.

— La tempête a l'air d'être passée dans la nuit. Ça devrait être mieux niveau météo aujourd'hui, ajoutai-je.

— Je suis sûr qu'ils vont se faire une bonne journée de ski. J'imagine que ce sera dégagé demain aussi. Tu passes le weekend ici? demanda Dave.

— Je ne suis pas sûr. J'ai vu sur l'emploi du temps de vol que Fred Banks est censé déposer un groupe le jour où je suis censé ramener celui-là. Je pense que je vais lui demander de les ramener pour pouvoir rentrer plus tôt. Soit aujourd'hui, soit demain.

Nancy leva les yeux, le regard inquisiteur.

— Tu sors avec quelqu'un? demanda-t-elle.

Dave gloussa en la regardant.

— Tu ne pouvais pas t'en empêcher, hein?

Je pris une longue gorgée de mon café, en pensant à Holly et à la nuit où elle m'avait claqué la porte au nez. Je voulais que ma réponse à cette question soit oui. Mon hésitation et l'expression que Dave vit sur mon visage trahirent sans doute quelque chose.

— Eh bah dites donc. Tu vois quelqu'un, dit-il d'un ton émerveillé.

Je pris une grande inspiration, soupirant difficilement en passant ma main dans mes cheveux.

— C'est pas aussi simple que ça.

Nancy écarquilla les yeux.

— Explique.

— C'est Holly.

— Holly Blake? demanda Dave. La sœur jumelle d'Alex.

— Oui, cette Holly-là. Le truc, c'est que je ne sais pas vraiment ce qu'il se passe. Le soir avant que je vienne ici, elle m'a dit d'aller me faire foutre, en gros. Je crois qu'elle pense qu'il se passe un truc entre Brenda et moi.

Dave termina de couper ses pommes de terre et posa doucement son couteau. Nancy attrapa immédiatement la planche à découper et jeta les pommes de terre dans un wok sur le feu.

— Non pas que je dise qu'il se passe un truc entre toi et Brenda, mais je suis presque sûr qu'il s'est déjà passé un truc avant, nan? demanda Dave.

— Juste une fois, un weekend, répondis-je, sur la défensive.

Le regard de Nancy se planta sur moi alors qu'elle ajustait la flamme sous les pommes de terre, ajoutant des épices et mélangeant.

— Ouais, mais il est clair que Brenda aimerait bien recommencer. Si Holly a vu ça, je peux imaginer pourquoi elle s'est fait des idées. Tu lui as dit ce que tu ressentais?

Je dus avoir un regard vide quelques secondes de trop car Dave se mit à rire.

— Je vais prendre ça pour un non.

Je soupirai et haussai les épaules.

— Bah, enfin, je lui ai dit qu'elle était importante pour moi et...

Avant que je ne puisse terminer ma phrase, Nancy secoua la tête d'un regard sévère. Je laissai ma phrase en suspens et elle me lança un regard direct.

— Il faut que tu sois plus clair que ça Nate, si elle compte pour toi. Je veux dire, tu l'aimes? Si oui, il faut que tu lui dises. Tu as une réputation de don Juan. Tu n'es pas un connard, mais personne ne s'attend à ce que tu donnes dans le sérieux. Tous ceux qui te connaissent savent ça. Ne prends pas ça comme si je disais que tu es un con parce que ce n'est pas le cas. Tu es l'un des gars les plus sympas que je connaisse. Tu restes très léger quand il s'agit de romance.

Elle poursuivit :

— En sachant tout ça, j'essaie de réfléchir à comment je te vois et je suppose que c'est comme ça que Holly te voit aussi. Elle doit se dire que c'est juste un plan cul. Et pour rendre les choses encore plus compliquées, son frère jumeau est ton meilleur ami depuis des années. Elle ne veut sans doute pas compliquer les choses encore plus qu'elles ne le sont déjà. Les amitiés sont déjà assez compliquées comme ça.

Nancy sortit tout ça alors qu'elle continuait à

ajouter des choses à ses pommes de terre et à mélanger tout en prenant des gorgées de café. Je me sentais complètement stupide maintenant. La vérité était que je n'avais aucune idée de comment gérer cette situation. J'essayais de ne pas trop insister avec Holly. Je réalisai à l'instant que ça avait peut-être été une grave erreur. Pire encore, le fait que je sois le premier homme avec qui elle ait couché voulait dire que tout était chargé de sens.

Je n'avais aucune idée de ce que Dave et Nancy lisaient sur mon visage, mais ils se regardèrent et Nancy demanda :

— Il y a autre chose?

— Elle était vierge.

Merde. Ça m'échappa complètement. Si Holly apprenait que j'avais partagé ce détail, elle me tuerait sans doute.

Je grognai, me penchant en avant et posant ma tête entre mes mains, passant mes doigts dans mes cheveux. Quand je me redressai, quatre yeux écarquillés étaient sur moi.

— Oh, dit Nancy.

— C'est tout? Oh? demandai-je.

Dave attrapa son café et prit une gorgée avant de trouver mon regard une fois de plus.

— Eh bah, c'est un gros truc. Je veux pas avoir l'air aussi choqué.

— Crois-moi, ça m'a surpris aussi. Ce n'était pas un truc du genre elle attendait le mariage ou quoi que ce soit. Du moins, c'est ce qu'elle m'a dit, marmonnai-je.

Nancy s'était remise du choc et ajusta la flamme sous les pommes de terre, posant un couvercle sur le wok.

— Que ce soit parce qu'elle attendait ou non, c'est un gros truc.

— Je sais, dis-je enfin. Elle a dit qu'après l'accident…

Je jetai un œil vers Dave, me demandant s'il avait parlé de ça à Nancy.

Il compléta l'histoire pour moi. En regardant Nancy, il expliqua :

— Tu sais, l'accident dont je t'ai parlé au lycée. C'était après mon bac, mais un gars est mort. Il sortait avec Holly.

— D'accord.

Ce fut tout ce que Nancy répondit, même si elle hocha la tête, indiquant qu'elle s'en souvenait.

Je repris le fil de la conversation.

— Bref, Holly a dit que tout le monde était resté très loin d'elle sur le plan romantique après ça. Puis elle a dit qu'une chose en entraînant une autre, elle s'est retrouvée toujours vierge.

— Tu l'aimes? demanda Nancy platement.

Une vague d'émotion s'empara de ma poitrine. Ma réponse sortit immédiatement. Je n'eus même pas besoin d'y réfléchir.

— Oui.

— Eh bah t'as intérêt à lui dire, dit Nancy fermement.

— Mec, fais ce que dit Nancy. Je suis toujours ses conseils en relations humaines, ajouta Dave avec sérieux.

Nancy explosa de rire et leva les yeux au ciel vers lui.

— Pas toujours.

En reprenant son sérieux, Nancy me regarda.

— Je crois juste qu'il faut qu'elle le sache parce que ça va devenir très compliqué si tu n'arranges pas tout ça directement. Tu es un gars direct et clair. Si tu l'aimes, n'attends pas.

— Je crois que je ne voulais pas aller trop vite, trop insister. J'avais peur qu'elle ne me fasse pas confiance, offris-je, ma propre explication me tordant l'intestin.

— Si tu ne veux pas que ta réputation te précède, tu ferais bien d'aller lui parler très vite, dit Dave.

Alors que les mots de Dave et Nancy retentissaient dans mon esprit, j'empruntai leur téléphone satellite pour contacter Fred et lui demander s'il pouvait ramener le groupe que je venais de déposer. Fred accepta sans hésitation, mais ce n'était pas surprenant, il était ce genre de personne. Je n'attendis pas et fis mon sac de suite, puis dis au revoir. Même si Brenda avait l'air déçue, elle fut très polie et partit skier avant que je ne décolle.

Alors que je préparais mon avion, je calculai que j'atterrirais à Willow Brook en fin d'après-midi. Le ciel était dégagé quand je décollai et ça resta ainsi pendant une bonne heure. Puis le contrôle aérien me contacta, me disant de me préparer pour des turbulences amenées par une tempête non loin. Le vent avait changé de direction et la tempête qui partait vers l'ouest revenait maintenant vers l'est.

Je répondis au contrôleur en demandant plus d'informations. La radio craqua dans mes oreilles avant que la réponse n'arrive.

— La tempête partait vers l'océan, à l'ouest d'où tu es. Avec le nouveau vent, elle revient et elle avance vite. Vu ta destination, je te conseille de ne pas passer plus d'une heure dans les airs. Trouve quelque part où atterrir le temps que ça passe. Ça ne devrait pas durer longtemps.

— Ça marche, je suis à quelle distance de l'hôtel d'été?

Ce n'était pas mon endroit préféré où atterrir, mais la visibilité se dégradait rapidement. Même si je voulais arriver à Holly le plus vite possible, je voulais d'abord rester en vie.

Après avoir annoncé ma destination prévue, je volai à travers une neige épaisse qui s'était rapidement installée et j'atterris une demi-heure plus tard. Si la météo avait été plus clémente, j'aurais déjà atterri à Willow Brook, ce qui m'énervait encore plus en posant mon avion. Je passai un appel radio pour confirmer mon atterrissage puis je traversai la neige vers un hôtel vide. Ce lieu n'accueillait pas de clients pendant l'hiver. C'était un abri d'urgence officiel pour les pilotes en Alaska, pour qu'on puisse utiliser leur piste d'atterrissage en gravier juste au-dessus d'une colline, et nous avions tous un code d'accès à l'hôtel pour pouvoir patienter quand la météo était difficile.

J'allais devoir y passer la nuit, me réchauffer et me sécher, manger de la nourriture de survie sans savoir si je pourrais ou non appeler Holly. Non pas qu'elle s'attendait à avoir de mes nouvelles, mais, depuis ma conversation avec Nancy et Dave, j'étais extrêmement impatient de lui parler. Et je n'étais vraiment pas fan de ces tempêtes de neige qui me ralentissaient.

Chapitre Vingt-Six

HOLLY

— Tu es au courant? demanda Ella.

— Au courant de quoi? contrai-je en me penchant pour attraper une chips dans le bol au centre de la table.

On m'avait intégrée à la soirée cartes hebdomadaire à laquelle allait Ella. Sa belle-sœur, Amelia, et quelques autres amies faisaient cela souvent. Je les connaissais toutes, même si Ella était mon lien le plus proche. Depuis qu'elle était revenue à Willow Brook, on passait beaucoup de temps ensemble et on s'était intégrées à cette rotation de soirées cartes les unes chez les autres.

Ce soir, nous étions chez Lucy et Levi. Lucy adorait jouer aux cartes et avait raté quelques sessions car elle avait accouché juste après les fêtes. La petite Glory tenait son nom de la mère de Levi, Gloria. Lucy tenait Glory sur ses genoux et disait quelque chose à Amelia. La porte de la cuisine s'ouvrit et Maisie entra, nous jetant un sourire.

— Salut tout le monde, lança-t-elle en retirant son manteau pour l'ajouter au crochet déjà bien chargé.

Elle arriva de la porte de la cuisine jusqu'à la table et s'installa sur la seule chaise vide.

— Tu es au courant? demanda-t-elle en me regardant.

En mâchant ma chips, je levai les mains, confuse.

— Non, mais c'est chelou, Ella vient de me poser la même question, répondis-je en prenant une gorgée d'eau pour effacer le sel de la chips.

— C'est Nate. Il était en chemin pour rentrer à Willow Brook et il a dû faire un atterrissage d'urgence pendant une tempête, expliqua Maisie.

Mon estomac se serra, l'anxiété prit possession de mon intestin alors que mon inquiétude prenait le dessus.

— Il va bien? lâchai-je d'une voix aiguë et tendue.

Maisie hocha la tête, et je restai silencieuse parce que je ne savais pas quoi dire. J'avais un millier de questions.

Ella trouva mon regard de l'autre côté de la table.

— Maisie a prévenu Caleb, puis elle a appelé le centre de traitement des appels d'urgence de Fairbanks parce qu'ils sont plus près, pour avoir des nouvelles, ajouta Ella.

Nous étions assises à une grande table ronde, moi, Ella, Amelia, Lucy, Maisie et Charlie ce soir. Tout le monde n'était pas là, mais presque.

— Qu'est-ce qu'il s'est passé? demandai-je, toujours incapable de calmer mes inquiétudes.

Je n'aimais pas l'idée que Nate ait à faire un atterrissage d'urgence en Alaska, au milieu de la forêt. Pas du tout.

Maisie attrapa la bière qu'Amelia lui tendait par-dessus le comptoir de la cuisine. Alors qu'elle la décapsulait, elle expliqua :

— Juste ça. Quand il est parti ce matin, le ciel était clair et c'était censé rester dégagé. Une tempête à l'ouest a changé de direction et s'est mise en plein sur son plan de vol. Ne t'inquiète pas, il va bien, il est en sécurité. Il a déjà prévenu le contrôle aérien d'Anchorage.

Je n'avais pas pensé au fait que c'était étrange que qui que ce soit d'autre qu'Ella sache que cette information pourrait m'importer.

— On sait toutes, dit Lucy quand elle croisa mon regard.

Elle ajusta Glory qui était endormie dans ses bras et me lança un sourire.

— Même Glory est au courant, dit Amelia avec un sourire lent.

Mes joues s'embrasèrent. La petite pointe d'anxiété que j'avais ressentie pour Nate m'avait donné un rush d'adrénaline. Je regardai Ella.

— Je n'ai rien dit, protesta-t-elle. Apparemment, Caleb a dit quelque chose à Cade.

— Qui a dit quelque chose à Beck, ajouta Maisie avec un petit rire.

Elle prit une gorgée de sa bière puis posa la bouteille.

— J'adore mon mari, mais il adore les potins. Je ne dirais pas qu'il les colporte, mais il me dit tout. Donc quand il m'en a parlé et que j'en ai parlé à Amelia, eh bah... Ça a fait le tour. On sait toutes. Pourquoi est-ce que c'est un secret de toute façon?

Entre mon inquiétude soudaine pour Nate, sans vraiment savoir ce qu'il s'était passé aujourd'hui, et notre dispute unilatérale de l'autre soir, une vague d'émotions s'écrasa sur moi et je fondis en larmes.

— Oh wow, dit Lucy. Ça va?

J'attrapai un mouchoir au centre de la table et

essuyai mes larmes avant de prendre une respiration tremblante et de hocher la tête.

— Je vais bien. Je crois juste que je suis émotive parce que vous m'avez fait un peu peur.

— Nate va bien, dit Maisie fermement.

— Quoi qu'il se passe, je suis sûre que ça va s'arranger, ajouta Lucy. Ou du moins, c'est ce que je me dis quand je ne dors que deux heures par nuit.

Maisie rit et lui lança un sourire compatissant.

— Je te promets, un jour Glory fera ses nuits.

Avec deux enfants en bas âge à la maison, Maisie était la femme la plus éduquée sur les enfants à cette table.

— Bref, raconte, dit Amelia et faisant tourner sa main dans les airs.

— C'est pas vraiment un secret, marmonnai-je.

Charlie intervint.

— Je crois que c'est la définition d'un secret. Tu as quelque chose dans un coin avec Nate, et aucune de nous n'était au courant. Sauf Ella, j'imagine.

— Pour ce que ça vaut, je ne suis au courant que d'une seule nuit et c'est tout, ajouta Ella.

Je ne pus m'empêcher de rire, même si j'étais dans tous mes états.

— Je n'en avais pas parlé parce que je ne voulais pas que ce soit bizarre. Je veux dire, on est amis, et vous connaissez toutes Nate...

— Ouais, et c'est le meilleur ami de ton frère, ajouta Amelia.

— Je sais. C'est exactement pour ça que je n'ai rien dit. Je ne sais pas ce qu'il se passe. Enfin, on a couché ensemble. Et...

— Plus d'une fois? me coupa Ella.

Je retins un grognement. Clairement, Ella se

sentait plus puissante maintenant qu'il y avait un groupe à l'écoute.

— Oui, dis-je.

Alors que je regardais la tablée des yeux, je vis une curiosité contrôlée par une compréhension profonde sur tous ces visages. Elles étaient peut-être joueuses, mais tout le monde autour de cette table me soutiendrait, je le savais.

Je me détendis et m'adossai à ma chaise en acquiesçant.

— Ça a été plutôt intense, et je n'étais pas sûre d'où ça allait mener. Puis, bah, cette nana s'est pointée l'autre soir, et je me suis souvenue exactement de ce pourquoi je ne voulais pas qu'il se passe quoi que ce soit entre lui et moi. Pour peu que je sache, il est en train de se la faire dans une tempête de neige quelque part en ce moment même.

Le simple fait d'y penser me fit mal au cœur.

— Il est seul, offrit Maisie.

— Comment tu sais? demandai-je.

— Je bosse au centre de traitement des appels de la caserne, c'est le genre d'info que j'ai. Quand j'ai entendu qu'il avait dû faire un atterrissage d'urgence, j'ai appelé un ami au contrôle aérien et il m'a dit qu'il était seul dans l'avion.

Je digérai cette information mais ça ne me fit pas me sentir mieux.

— Donc vous avez cassé? demanda Lucy.

— Comment est-ce qu'ils peuvent avoir cassé alors qu'aucune d'entre nous ne savait qu'ils étaient ensemble? lança Maisie.

J'explosai de rire. Alors que mes émotions étaient à nu, je n'arrivais pas à réfléchir clairement.

— Je ne sais même pas si on est ensemble. Il a essayé de venir me parler l'autre soir, et je lui ai dit d'aller se faire voir. Pas vraiment avec ces mots, mais c'était le fond. Et maintenant, apparemment, il est coincé quelque part tout seul.

— Je croyais que c'était une bonne chose qu'il soit tout seul, proposa Charlie.

— C'est mieux qu'au lit avec un nana qui le trouve mignon, mais s'il meurt tout seul?

Dès que cette question m'échappa, je me remis à pleurer. Oh mon Dieu. Ce bazar — cette tornade d'émotions déraisonnables et irrationnelles — était exactement pourquoi j'aurais dû éviter toute aventure avec Nate. Je ne savais pas ce qu'il ressentait pour moi, et je ne savais pas quoi faire.

— Clairement, tu tiens beaucoup à lui, dit Ella sans aucune moquerie dans son ton et avec un regard inquiet.

J'attrapai un autre mouchoir et me mouchai en essayant de rassembler mes pensées.

— Oui, je tiens à lui, et je ne sais pas quoi faire de tout ça.

Tout le monde resta silencieux. Enfin, Amelia prit la parole.

— Peut-être qu'il faut que tu lui parles quand il rentrera, pour savoir où il en est.

— Sans blague, répondis-je avec un sourire.

Et des larmes.

Alors que je me mouchais encore, Ham, le petit hamster beaucoup trop mignon de Levi arriva dans la cuisine en courant. Il alla jusqu'à la fenêtre, grimpant sur une série de marches pour atteindre le petit lit qui était installé pour lui. Oui, Levi avait un petit hamster qui se baladait dans la maison.

En le voyant nous regarder, les moustaches vibrant dans l'air, j'explosai de rire encore une fois.

———

En me retournant et en frappant mon oreiller pour ajuster sa position sous ma tête, je regardai par la fenêtre, qui donnait sur la grand-rue. Willow Brook éteignait les lampadaires à 21 h. C'était un rythme qui avait été annoncé après une réunion municipale plutôt agitée sur la pollution lumineuse. Même si ça pouvait sembler être un problème mineur, les effets des lumières qui restent allumées toute la nuit étaient bien plus évidents quand on vivait près de la nature sauvage.

Des nuages vaporeux apparaissaient flous dans l'obscurité et quelques étoiles perçaient le voile. Ces mêmes nuages étaient sans doute échappés de la tempête qui avait forcé Nate à atterrir aujourd'hui. Agitée, j'attrapai mon téléphone. Il avait peut-être du réseau là où il était.

En trouvant son numéro, j'appuyai sur le petit téléphone vert. Ça sonna quatre fois puis le son de son répondeur prit le relais.

Salut, c'est Nate. Comme vous pouvez l'entendre, je suis occupé. Laissez-moi un message et je vous rappellerai.

C'était son message de répondeur depuis des années. Mes émotions s'écrasèrent sur moi comme une vague, mon cœur battant si fort et si vite que ma gorge s'emplissait de larmes. Bon sang, il me manquait vraiment. Il n'était parti que depuis un jour et une nuit, et j'étais dans tous mes états.

Je ne lui laissai pas de message, même si je me sentis un peu bête de l'avoir appelé. Je n'avais pas raccroché assez vite, donc il aurait un message silencieux de ma part.

J'essuyai mon nez sur la manche de mon t-shirt, et écartai la couverture pour aller chercher un mouchoir. Après un passage dans la salle de bains pour me moucher, je retournai dans mon lit, assise au bord du matelas et regardant par la fenêtre. J'avais du mal à trouver le sommeil.

Je réussis enfin à trouver un sommeil agité, mes rêves habités par Nate, et la vibration de mon téléphone sur la table de chevet me réveilla tard dans la matinée.

Je me dépêchai de répondre, jetant presque mon téléphone au sol par accident. En l'attrapant, je vis le nom de Nate apparaître sur l'écran pendant une seconde. Puis, appel manqué.

Quand j'essayai immédiatement de le rappeler, en panique, je n'arrivai même pas à son répondeur avant que l'appel ne coupe.

Chapitre Vingt-Sept

NATE

Le bruit de sonnerie résonnait dans mon oreille alors que j'essayais de joindre Holly, priant pour qu'elle réponde. Je ne priais pas beaucoup. Quand j'en arrivais là, c'était que j'étais vraiment désespéré, et je l'étais, d'entendre sa voix.

Les mots directs de Nancy sur le fait de dire à Holly ce que je ressentais de façon directe, dans le contexte de la réputation qui me précédait, avait rebondi dans mon cerveau toute la nuit. Contrairement à l'hôtel de Nancy et Dave, cet hôtel dans lequel j'avais atterri n'était pas pensé pour l'hiver. À part le générateur de secours à gaz qui permettait de rester au-dessus de 0 degré et d'avoir de l'électricité pour le frigo, il n'y avait pas de courant. La télé satellite était coupée et il n'y avait pas de réseau. Au sol, au milieu de nulle part, je n'avais aucune chance de réussir à appeler qui que ce soit. J'avais demandé au contrôle aérien de prévenir le centre de traitement des appels d'urgence de Willow Brook de mon statut quand j'avais atterri. Étant donné que j'étais censé rentrer hier après-midi, je ne voulais pas que qui que ce soit s'inquiète.

À la troisième sonnerie, j'entendis le répondeur de Holly.

— Merde, marmonnai-je à moi-même en écoutant le son de sa voix.

Salut, salut, vous savez qui c'est si vous appelez. Laissez-moi un message et je vous rappellerai quand je pourrai.

Un petit sourire s'empara de ma bouche en entendant sa voix. J'étais très tenté de lui livrer mes sentiments dans un message vocal, mais ça ne me paraissait pas particulièrement réglo.

— Salut Holly, c'est Nate. J'ai vu que tu avais essayé de m'appeler. Tu as dû te douter que je n'avais pas de réseau la nuit dernière. J'ai essayé plus tôt ce matin mais le signal était toujours mauvais. Je suis dans les airs maintenant, et je devrais être à Willow Brook d'ici une heure.

En raccrochant, je jetai le téléphone dans le compartiment pour tasse entre les deux sièges puis passai un appel radio pour confirmer mon horaire d'arrivée. J'avais attendu que les nuages se dissipent avant de partir. Le ciel s'était éclairci tôt, en début d'après-midi, un bleu clair s'étendait au-dessus des montagnes. Le vent était dans mon dos, m'aidant à gagner un peu de temps sur le retour. Alors que Holly occupait mes pensées, la seule chose que je voulais savoir était si elle ressentait ce que je ressentais.

Mon chemin de vol m'amena à Willow Brook par l'est. Et comme la malchance n'arrive jamais seule, deux mouettes passèrent juste devant mon avion et se trouvèrent avalées par l'un de mes moteurs.

— Oh, bordel, marmonnai-je en appelant le contrôle aérien pour les prévenir alors que je me battais avec mon avion pour tenter de le garder droit avec un seul réacteur.

Chapitre Vingt-Huit

HOLLY

Maisie leva les yeux de son comptoir dans la zone de centre de traitement des appels à la caserne de Willow Brook. Elle secoua la tête, faisant rebondir ses boucles brunes.

— Si Nate t'a laissé un message, c'est qu'il va bien. Si j'avais quoi que ce soit à te dire, je te le dirais, je te le promets.

En me mordant la lèvre, je détournai le regard, essayant de me calmer. J'avais été à cran et agitée toute la matinée. Je n'avais eu qu'une vraie heure de sommeil. Puis j'avais réalisé que Nate m'avait rappelée quand j'étais sous la douche et que je l'avais raté. Ça n'avait fait qu'alimenter la tension qui battait dans mes veines.

Trop frustrée pour imaginer aller travailler, j'avais prévenu que je ne pourrais pas assurer ma garde cette après-midi, ce que je ne faisais presque jamais. Chris m'avait proposé de me remplacer et m'avait fait un petit discours d'encouragement. Il m'avait dit qu'il était évident que j'étais amoureuse de Nate et qu'il fallait que j'agisse au lieu de me cacher la tête dans le sable.

Maintenant, j'étais là parce que je pensais que Maisie pourrait me donner des réponses, surtout sur l'heure d'arrivée estimée de Nate. Maisie répondit à un appel alors que je m'éloignais de son bureau et marchais jusqu'aux fenêtres avec les bras croisés fermement devant moi.

Je l'entendis dire au revoir et raccrocher. Après quelques instants, elle croisa mon regard alors que je tournais en rond.

— Tu sais, je pense qu'il faut que tu regardes l'état dans lequel ça te met, lança-t-elle.

En me tournant vers elle, je fis quelques pas vers son bureau.

— De quoi tu parles?

Elle leva les yeux au ciel et secoua doucement la tête. Maisie était la définition de mignonne, avec ses bouclettes brunes, ses joues rondes, ses grands yeux marron et ses taches de rousseur. Elle était drôle et directe, ce que j'aimais d'habitude. On avait ça en commun. Mais, tout de suite, je voulais qu'elle soit un peu plus claire.

— Comment ça?

— Tu es amoureuse de Nate et maintenant il faut que tu l'admettes, répondit-elle immédiatement, me prenant de court.

— Tu ne sais pas si c'est ça, lançai-je, sur la défensive.

Maisie leva les yeux au ciel encore une fois.

— Si. Je sais ce que je vois, et ça se reconnaît à des kilomètres. C'est comme du porno.

— L'amour c'est comme du porno?

— Oh mon Dieu.

Elle retira son casque et plongea sa tête dans ses mains. Quand elle releva les yeux, elle secoua la tête.

— Je ne voulais pas dire que l'amour était comme du porno. Tu te rappelles le cas qui est passé à la Cour suprême où le juge a dit : « Je sais le reconnaître quand je le vois. »?

— Euh, je crois, répondis-je alors que ma mémoire extirpait une idée vague de ce dont elle parlait.

— L'un des juges de la Cour suprême parlait du fait que, même s'il était difficile de définir objectivement ce qui était obscène, quand il voyait quelque chose qui dépassait la limite, il savait le reconnaître, expliqua Maisie.

Quand je penchai la tête, confuse, car honnêtement je ne savais pas comment elle se souvenait de ce genre de choses, elle ajouta :

— À une époque, je voulais étudier le droit, puis j'ai changé d'avis. Bref, on perd le fil, et c'est ma faute. Je dis juste que c'est plutôt clair que tu es amoureuse de Nate.

Mon cœur battait si fort qu'il m'en faisait mal. Je me disais que j'avais certainement dû me faire un bleu à l'intérieur de la poitrine avec tous ces moments forts. Mon estomac faisait des tours, un mélange d'anxiété, d'inquiétude et de peur.

Au moment où Maisie s'était mise à parler d'amour, mon pouls était parti en cabrioles. Je ne m'étais même pas autorisée à penser à ce mot quand il s'agissait de Nate. C'était un mot interdit. Je ne m'étais pas autorisée à y penser.

C'était déjà assez compliqué d'avoir couché avec lui, qu'il ait été mon premier, et que je ne puisse cesser de penser à lui. L'autre soir, quand j'avais vu cette femme essayer de le draguer, ça m'avait mise face à la complexité de cette situation. Le simple fait d'y repenser m'emplit de colère et de gêne. Je n'aimais pas me voir comme une femme jalouse. J'aimais penser que je n'étais pas assez bête pour me lancer dans une histoire avec un homme qui n'avait jamais indiqué vouloir du sérieux. Mais mon cœur et mon corps n'avaient pas du tout écouté ma tête.

— Tu crois? Vraiment? demandai-je, suppliant presque Maisie de changer d'avis.

Maisie hocha doucement la tête, adoucissant le regard qu'elle me lançait.

— C'est la partie nulle de l'histoire. Vraiment nulle.

— Comment tu sais? Beck est tellement amoureux de toi, c'est presque ridicule. Vous êtes le couple le plus aimant que j'ai jamais vu, et c'est pareil avec vos deux enfants.

Maisie explosa de rire.

— On se dispute aussi. On atteint notre quota. Crois-moi. Je ne pense pas que tu me connaissais vraiment quand je venais d'arriver, mais j'étais pas super agréable. Je ne me suis pas vraiment jetée dans les bras de Beck.

Un rire surpris m'échappa.

— Vraiment?

Maintenant qu'elle le disait, j'arrivais à l'imaginer. Maisie avait un côté coupant, elle était directe et pleine de sarcasme. Je savais que son enfance n'avait pas été géniale. Mais je n'avais appris à la connaître qu'après qu'elle se fut mise avec Beck. Je m'étais rapprochée d'elle après le retour d'Ella à Willow Brook, quand elle avait commencé à m'emmener aux soirées cartes.

Je pris une grande inspiration pour essayer de ralentir mon pouls et je la regardai.

— Qu'est-ce que je devrais faire? demandai-je.

J'adorais avoir des réponses. C'était pour ça que

j'avais toujours été bonne élève. J'avais terminé première de ma classe au lycée, à la fac et en école d'infirmière. J'adorais connaître les réponses parce que ça me donnait l'impression que la vie avait un sens. Je n'aimais pas vivre dans un mélange d'émotions et d'incertitudes comme ce que je vivais en ce moment. Pas du tout.

Mon cœur était fou, et je n'avais pas pu cesser de penser à Nate la nuit dernière. J'avais à peine dormi parce que j'étais inquiète pour lui. Même si l'idée qu'il soit en train de se taper une nana dans un hôtel isolé au milieu de la nature me retournait l'estomac, je n'aimais pas l'idée qu'il soit seul non plus.

— La réponse évidente, c'est qu'il faut que tu lui parles, dit Maisie d'un ton doux.

Mes émotions s'emmêlèrent à nouveau, mon cœur battant à tout rompre. La simple idée de livrer mes sentiments me terrifiait. Si Nate n'apprenait jamais ce que je ressentais, il ne pourrait pas me rejeter. On pourrait essayer de réparer notre amitié, et j'apprendrais à passer à autre chose.

Quand je restai silencieuse, Maisie reprit le fil.

— Quoi qu'il se passe entre vous à partir de maintenant, c'est déjà le bazar. Vous ne pouvez pas redevenir amis. De là où je me tiens, il faut juste que tu serres les dents et que tu prennes le risque. C'est comme traverser des flammes.

— Traverser des flammes?

J'avais l'impression de répéter tout ce qu'elle disait.

Maisie pencha la tête sur le côté.

— Pas littéralement, mais émotionnellement peut-être. Dis-lui simplement ce que tu ressens et vois ce qu'il se passe.

Mon cœur continua de battre la chamade. À ce

moment-là, le téléphone de la caserne sonna. Elle attrapa son casque et répondit rapidement.

— Oh! Il va bien?

Elle resta silencieuse un moment, écoutant ce qui était dit de l'autre côté de l'appel. Je n'avais aucune idée de qui elle parlait. Son regard se tourna vers moi, plein d'inquiétude.

— Quoi? demandai-je.

Maisie leva un doigt, écrivant quelque chose sur son cahier avant de raccrocher. En levant les yeux vers moi, elle avait un regard presque illisible.

— Nate va bien. Il est au petit aéroport à l'extérieur de la ville. Deux mouettes ont été aspirées dans son réacteur donc ça a été un atterrissage compliqué. Il va bien, parfaitement bien. C'était Rex, il m'appelait pour me prévenir qu'ils allaient le signaler car il était en sortie quand il l'a vu.

Je ne pris même pas le temps de répondre. Les mots « il va bien » résonnaient dans ma tête quand je quittai la caserne en courant pour monter dans ma voiture.

Mais je ne manquai pas de voir la pointe d'amusement sur le visage de Maisie quand je partis.

Chapitre Vingt-Neuf

HOLLY

L'aéroport de Willow Brook, si on pouvait même appeler ça comme ça, était en périphérie de la ville, plus loin que l'hôpital. Il y avait quelques hangars pour avions, une petite piste d'atterrissage et c'était tout. J'étais déjà venue avec Alex, même si je n'avais jamais pensé au fait que c'était clairement le territoire de Nate. Il possédait deux des hangars.

La route passa de pavés à graviers quand j'arrivai sur la dernière ligne droite qui menait à l'aéroport. Même si la route avait été déblayée et salée, ma voiture glissa un peu sur la surface lisse quand je pris un tournant. Mon cœur, qui battait déjà fort, s'accéléra. Je ralentis un peu et suivis la courbe. Heureusement, je conduisais sur des routes gelées depuis que j'avais mon permis. Je réussis à reprendre le contrôle de ma voiture sans trop de mal.

Quand la piste apparut au loin, je vis deux voitures de police et un véhicule d'urgence. Ce ne fut qu'à ce moment-là que je me souvins que Maisie avait dit que Rex n'était pas loin quand Nate avait atterri. Je ne lui avais pas laissé le temps de me dire quoi que ce soit de plus.

Je claquai la porte de ma voiture et traversai le parking en courant vers la piste, cherchant Nate des yeux. Même si Maisie m'avait dit qu'il allait parfaitement bien, ça ne me faisait pas m'inquiéter moins. L'avion était posé un peu penché sur la piste. L'une des roues avait l'air d'avoir été abîmée pendant l'atterrissage.

Mes yeux se posèrent enfin sur Nate, qui avait la main posée sur le nez de l'avion et qui parlait à Rex Masters, le chef de la police de Willow Brook et le père d'Ella. Je ne fis même pas attention aux autres personnes présentes, me mettant à courir dès que je vis Nate.

Mon cœur s'était logé dans ma gorge, je courais, puis je trébuchai sur une pierre et tombai. La neige qui couvrait la piste était assez lisse pour être presque de la glace. Les pistes d'atterrissage dans la campagne d'Alaska n'étaient pas ce à quoi la plupart des gens pensaient quand ils pensaient à un aéroport. Elles étaient rarement pavées et, même si elles étaient bien entretenues, atterrir sur du gravier couvert de neige restait une part intégrante de la vie des pilotes ici. Willow Brook s'assurait que sa piste était salée et sablée mais le reste autour était en friche.

Je m'écrasai au sol avec un grognement. La douleur commença au niveau de ma hanche et voyagea jusqu'à mes jambes. Le gel ne faisait pas de cadeau. Il n'y avait rien pour amortir ma chute.

Mon souffle se coupa et les larmes montèrent dans mes yeux un instant. La douleur était vive. En l'ignorant, je commençai à me lever. Mon approche maladroite avait bien entendu attiré l'attention de tout le monde. Quand je levai la tête, Nate trottinait vers moi, ralentissant alors qu'il passait de la piste salée et sablée au sol gelé.

— Hé, ça va? lança-t-il.

Comme je n'avais toujours pas repris ma respiration, il se trouva à mes côtés avant que je ne puisse répondre. Il s'agenouilla, son regard chocolat m'interpellant. Au moment où ses yeux trouvèrent les miens, toutes les émotions que je retenais depuis des semaines explosèrent, comme une vague qui s'écrase sur la plage. Des larmes commencèrent à couler sur mes joues alors que je hochais la tête.

L'inquiétude dans ses yeux s'amplifia.

— Tu es sûre?

Je hochai à nouveau la tête, et il commença à me soulever dans ses bras quand une autre paire de bottes arriva dans mon champ de vision.

Je levai les yeux et vis que Rex avait suivi Nate, suivi également de Caleb. Puisque Rex était presque comme un père pour moi, puisque Ella avait été ma meilleure amie depuis l'enfance, je ne pouvais pas l'ignorer. Et Caleb voulait voir ce qu'il se passait aussi. Je n'avais pas vraiment envie de gérer une foule, cependant. Je me sentais exposée, vulnérable et à vif. J'avais froid et la douleur s'installait dans ma hanche. Même si la violence initiale se dissipait, une douleur battante avait pris sa place.

— Tu es sûre que ça va? demanda Rex.

Nate leva les yeux.

— On a besoin d'une minute, dit-il rapidement.

Caleb croisa mon regard. Comprenant rapidement ce qu'il se passait, il hocha simplement la tête et partit, faisant signe à Rex quand il se lança dans une autre question. Le regard perçant de Rex passa de moi à Nate avant qu'il ne semble réaliser. Il acquiesça et suivit Caleb. Ils retournèrent vers l'avion ensemble.

Quand ils furent trop loin pour nous entendre, le main de Nate passa le long de mon bras, s'accrochant à mon coude. J'étais assise dans une position peu élégante sur la neige, un genou plié de façon étrange et l'autre jambe étalée au sol.

— Ça va, murmurai-je alors qu'une larme coulait.

— D'accord. Je t'ai appelée tout à l'heure, tu as eu mon message? demanda-t-il.

En plongeant dans ses yeux, je sentis une autre larme rouler sur ma joue, froide contre ma peau. Les émotions s'écrasaient en moi. J'étais sur le cul, littéralement et émotionnellement. Je n'avais pas réfléchi à tout ça. Ce n'était qu'une émotion pure qui m'avait poussée à venir jusqu'ici et, maintenant, Nate était là, et il allait bien. Exactement comme Maisie l'avait dit.

Même si on ne dit rien, je sentis qu'on parlait. Pendant un long moment, on se regarda simplement, puis Nate se pencha en avant, posant ses lèvres sur ma joue et m'embrassant jusqu'à trouver mes lèvres. Il resta là un court instant, un point de contact brûlant qui contrastait avec tout ce qui nous entourait.

Le moment fut bref mais si intense que mon cœur s'envola dans ma poitrine dès qu'il s'éloigna.

— Je crois qu'il faut qu'on parle, dit-il d'une voix rauque. Mais...

— Je crois que je t'aime, lâchai-je.

Les mots m'échappèrent simplement.

Il me regarda, juste assez longtemps pour me donner envie de retirer ce que je venais de dire. Quelle idiote. Ce n'était vraiment pas la première fois que mes mots étaient allés plus vite que mes pensées.

Ses yeux s'enflammèrent.

— Ah bah c'est bien. Parce que je ne crois pas que je t'aime. Je sais que je t'aime.

Ces mots déclenchèrent une vraie crise de larmes en moi.

À ce moment-là, Dana, l'une des ambulancières présentes, se dirigea vers nous, pensant sans doute que je m'étais fait mal en tombant et que c'était ça qui me faisait pleurer.

— Ça va? lança-t-elle en se dépêchant.

Je pris quelques respirations saccadées et reniflai, passant ma manche sur mon nez.

— On a un public dont on ne peut pas vraiment se débarrasser. Il faut que je m'occupe de quelques trucs officiels parce que l'un de mes réacteurs est mort. Malheureusement, je ne peux pas partir tout de suite, dit Nate d'une voix grave.

— Je sais.

Je commençai à essayer de me relever mais glissai à nouveau.

— Aïe, marmonnai-je en retombant sur la même hanche.

Ma pauvre hanche. En croisant le regard de Nate, je secouai la tête.

— J'ai un gros cul, mais tomber deux fois sur le même côté ça fait quand même mal.

— Je te rappelle que je suis amoureux de ce cul, répondit-il avec un sourire alors que Dana arrivait à notre niveau.

— Ça va, je te jure, dis-je en voyant son regard inquiet.

C'était un soulagement, d'une certaine façon, que tout le monde s'agite autour de moi. Je tournoyais dans un courant d'émotions, dépassée et les nerfs à vif. Ça aidait de pouvoir me concentrer sur autre chose que Nate.

Dana nous regarda tous les deux. Si elle avait remarqué quelque chose, elle ne fit aucune remarque.

— Tu es sûre? demanda-t-elle alors que Nate m'aidait à me relever.

— Oui. Je suis sûre que je vais avoir un gros bleu sur la hanche mais, à part ça, ça va.

J'avançai doucement, sentant la douleur palpiter dans ma hanche. Je boitais un peu, mais je les accompagnai jusqu'à l'avion.

— Tu restes? me demanda Nate alors que Dana repartait vers son ambulance.

— Ouais. Je ne vois même pas ta voiture ici, dis-je en scannant le parking des yeux.

— Caleb m'a déposé hier. J'avais prévu une vidange pour pendant mon déplacement, donc il est là pour me récupérer. J'imagine que tu peux me ramener, cependant, dit-il avec rien qu'une pointe de question.

— Bien sûr.

— Tu es sûre?

— Je n'ai pas l'intention de partir, dis-je fermement, sentant mon éclat habituel revenir après cette tempête d'émotions.

Il rit, passant sa main dans mon dos alors que Rex s'approchait de nous à nouveau.

— Pourquoi est-ce qu'il y a une ambulance? demandai-je.

— Parce qu'ils étaient juste à côté, à l'hôpital, quand j'ai reçu l'appel du contrôle aérien. Je savais qu'il allait bien. Mais c'était à deux minutes, donc ils sont venus juste au cas où, expliqua Rex.

Il regarda Nate.

— Occupons-nous des papiers.

Rex et Nate se mirent à parler alors que Rex tapait tout sur une petite tablette portable et prenait quelques photos de l'avion. Pendant que j'attendais, adossée à l'ambulance, tremblant un peu à cause du froid, Caleb s'approcha et s'arrêta juste en face de moi.

— J'ai entendu dire que mes services de taxi n'étaient pas nécessaires, dit-il avec un sourire.

Je ne pus m'empêcher de sourire à cette phrase.

— Je vais le ramener chez lui.

Caleb me regarda pendant un long moment, avec un air plus sérieux.

— Il était temps.

— Hein?

— Toi et Nate.

Chapitre Trente

NATE

Il se faisait tard quand j'en eus enfin terminé avec l'avion. Rex essaya d'aller vite mais nous étions déjà en pleine après-midi quand j'avais atterri. L'ambulance était partie, mon frère était parti, il ne restait que Rex, Holly et moi tandis que le soleil plongeait sous l'horizon. Holly avait fait sa tête de mule et avait insisté pour attendre dehors, mais je voyais bien qu'elle était morte de froid quand j'en eus terminé avec Rex.

Elle frissonnait dans son manteau bleu clair. Elle se tenait là, en jean et en bottes, ses yeux posés sur moi alors que je m'approchais.

— J'aurais pu le ramener, tu sais, dit Rex avec un sourire amusé.

Holly resta immuable et plissa les yeux.

— Pas besoin. C'est pour ça que je suis là.

Rex rit doucement, me mettant une tape sur l'épaule alors qu'il montait dans sa voiture de police. Puis il ne resta que Holly et moi, seuls, au son de la voiture de Rex qui disparaissait au loin.

Mon avion était dans le hangar, et la voiture de

Holly nous attendait sur le parking, de l'autre côté de la piste. Je m'arrêtai devant elle, plongeant mes mains dans ses poches, où ses mains étaient cachées.

— Tu as froid, dis-je en m'approchant.

Ses mains étaient glacées quand j'enroulai les miennes autour. Je n'avais jamais vraiment eu d'opinions sur les poches, mais, à l'instant, je trouvais ça génial que son manteau ait de grandes poches, avec assez de places pour nos quatre mains.

— Un peu, répondit-elle. Prêt?

— Tout à fait.

Je ne pus m'empêcher de l'embrasser. Ses joues étaient rouges et ses yeux brillaient. La cascade de taches de rousseur sur son nez et ses joues était plus visible que d'habitude. Je me penchai et collai mes lèvres aux siennes, en les caressant simplement. Ses lèvres étaient chaudes, et une pointe d'électricité éclata entre nous. Je souris contre sa bouche car je ne pouvais pas m'en empêcher. J'étais tellement soulagé et heureux. Je sentis qu'elle souriait en réponse.

— Quoi? murmura-t-elle, alors que le mouvement de ses lèvres contre les miennes me faisait l'effet d'un silex contre la pierre qu'était mon désir.

Holly était beaucoup trop. Il lui suffisait de se tenir à côté de moi pour que la luxure s'empare de mon corps.

— Je suis juste content que tu sois là.

Je passai ma langue sur la ligne de ses lèvres, lâchant un grand grognement.

La douceur chaude de sa bouche m'appelait. Comme toujours, dès que j'embrassai Holly, je me réchauffai. Rapidement. Sa langue s'emmêla sensuellement avec la mienne alors que je m'approchais. Libérant une de ses mains dans sa poche, elle me tira plus près d'elle, lâchant un autre gémissement quand je détachai mes lèvres, traçant un chemin de feu dans son cou, mourant d'envie de goûter la douceur salée de sa peau.

Un coup de vent froid et rude nous frappa et sa peau frissonna sous mes lèvres. Je levai la tête pour la regarder et ma queue gonfla. Ses lèvres étaient roses et charnues après notre baiser et son souffle était rapide, jetant de petits nuages dans l'air.

— Allons-y, dis-je d'une voix chargée d'émotion et de désir.

J'enroulai ma main autour de la sienne, me tournai sans vouloir m'éloigner d'elle, même pas pour une seconde, mais il fallait qu'on aille se mettre au chaud. On traversa la piste vers sa voiture alors que ciel était taché de rose, saluant le jour, accueillant la nuit. Les montagnes au loin n'étaient plus qu'un horizon saccadé et les étoiles faisaient leur entrée, tôt dans la soirée. Une autre rafale de vent traversa la piste, faisant voler les cheveux de Holly, l'éclat de la soirée faisant briller ses boucles blondes.

———

Holly décida que nous allions chez moi dès qu'on monta dans la voiture.

— Mais ton appartement est plus proche, fis-je remarquer.

Je n'avais pas honte d'admettre que j'avais envie d'elle. Je voulais qu'elle soit nue contre moi, et m'enfoncer en elle aussi rapidement que possible. Elle tendit le bras pour ajuster la température du chauffage en me regardant.

— Mais ton lit est mieux.

Je ris, sentant une joie nouvelle s'enrouler autour de mon cœur. Il y avait beaucoup de choses que je n'avais pas vues venir. Le simple fait d'avoir une chance avec Holly en faisait partie. La vie s'était mise en travers du chemin plusieurs fois et nous avait fait faire de grands détours.

— Chez moi, alors.

Après quelques minutes sur la route, nous tapions nos bottes à l'entrée de ma maison avant de fermer la porte. La route m'avait paru être une douce forme de torture. Les routes étaient lisses donc j'avais gardé mes mains dans les poches. Mais Holly avait décidé de m'exciter d'elle-même. Malgré mes contestations, elle m'avait fait bander dur et avait déboutonné mon jean en chemin, ignorant complètement mes commentaires sur l'état gelé des routes.

J'avais pu me venger. Dès qu'on avait fermé la porte de la maison, je m'étais retourné pour l'embrasser.

Tout arriva très vite. Nos vêtements restèrent en boule au sol, marquant notre progression vers le salon puis les escaliers. Sa culotte fut la dernière barrière à tomber, par-dessus la mezzanine qui menait à la porte de ma chambre, retombant ainsi sur l'îlot de la cuisine.

Holly était à bout de souffle et trempée quand je plongeai mes doigts en elle. Elle trébucha et se rattrapa à la rambarde. Je ne lui fis aucun cadeau, l'ayant déjà fait jouir une fois avec mes doigts et ma langue en bas des escaliers. J'étais sur le point de perdre le contrôle, des gouttes de liquide pré-séminal coulant le long de mon membre.

Quand je baissai les yeux, je ne pus résister à l'envie de passer ma main sur son cul généreux, tenant ma queue de l'autre. Elle suivit le mouvement directement, se penchant sur la rambarde alors que je passais le gland de ma queue entre ses plis. Je laissai son jus me mouiller.

— Bon sang, Holly, murmurai-je. Tu m'as vraiment manqué.

Sa réponse fut un long gémissement alors que je passais encore une fois entre ses lèvres avant de plonger en elle, doucement, tellement doucement pour sentir chaque centimètre de son canal vibrer sur moi. Elle gémit quand je reculai encore et ses hanches me rencontrèrent quand je plongeai à nouveau.

— C'était bien trop long d'être séparé de toi, murmurai-je.

Elle hurla quand je la remplis à nouveau. Il m'en fallait plus, j'avais besoin de la voir. Je me retirai rapidement, la retournai et la soulevai dans mes bras, passant la porte de ma chambre. Dès qu'on arriva sur mon lit, je m'allongeai sur elle, plongeant à nouveau. Ses hanches se soulevèrent pour me rencontrer, ses jambes s'agrippant à moi alors que sa peau soyeuse caressait la mienne.

Je restai immobile, me redressant sur un coude et écartant ses cheveux de son visage.

— J'ai besoin de savoir quelque chose, murmurai-je d'une voix rauque d'émotion.

Mon cœur se serra encore une fois, battant la chamade dans ma poitrine. Elle ouvrit les yeux, trouvant les miens.

— Quand est-ce que tu as su que tu m'aimais?

Elle me regarda un instant, ses seins pressant contre mon torse avec chaque souffle saccadé. Je vis un éclat de vulnérabilité exploser dans ses yeux. Je continuai :

— Parce que je le sais depuis longtemps. Je n'avais peut-être pas les mots, mais c'était déjà là. Même au lycée.

Elle écarquilla les yeux et son souffle se coupa.

— Oh, dit-elle alors qu'une larme roulait soudainement sur sa joue. Je ne te connaissais pas vraiment à l'époque, mais j'avais envie de toi, et puis tout est parti en cacahuète, dit-elle doucement.

—Je sais.

— Pour répondre à ta question, l'année dernière, je pense. Ça m'a fait peur.

Ma gorge se serra, mais ce n'était pas grave. Car c'était Holly, c'était moi, et c'était exactement ce qui était censé se passer.

— Je savais à l'époque que je n'étais pas prêt à regarder les choses en face. Je fantasmais sur toi depuis bien trop longtemps.

Elle écarquilla à nouveau les yeux.

— Tu fantasmais sur moi?

Je hochai doucement la tête.

— Depuis des années.

Après ces mots, j'attrapai ses lèvres pour l'embrasser et reculai enfin, *enfin*, avant de plonger à nouveau en elle. Je savais qu'elle n'était pas loin de l'orgasme parce que je connaissais son corps. Après quelques coups de reins, je passai une main entre nous pour appuyer mon pouce sur son clitoris gonflé alors que je plongeais dans sa chaleur humide.

Elle hurla bruyamment, sa tête retombant sur les oreillers alors que son corps tremblait et que son canal pulsait autour de mon membre. Je lâchai prise, enfin, alors que mon orgasme me traversait avec puissance, et que je me déversais en elle. M'étalant sur elle, j'essayai de faire retomber mon poids sur le côté. Mais je ne voulais pas bouger, je ne voulais surtout pas casser notre étreinte.

Alors qu'on restait allongés là, reprenant nos souffles, Holly rit doucement.

— Qu'est-ce qui est si drôle?

— C'est la Saint-Valentin demain. Je crois que je vais enfin accepter ce dîner que tu as acheté.

J'explosai de rire.

— T'as plutôt intérêt. Il m'est dû.

ÉPILOGUE

Holly

Encore une fois, je me trouvais dans les coulisses d'une collecte de fonds à Anchorage. Encore une fois, je portais aussi cette tenue d'infirmière ridicule et trop serrée. Il y avait deux grandes différences ce soir, par rapport à la dernière fois. D'une : ce n'était pas Halloween. C'était la Saint-Valentin. De deux : je ne portais ce costume d'infirmière que parce que Nate m'avait supplié de le faire.

Je souris à moi-même alors que j'ajustais mon haut avant de lever les yeux au ciel. Encore une fois, mes seins généreux menaçaient de s'échapper. J'avais dit à Nate qu'il n'aurait le droit de me voir dans cette tenue que quelques minutes et que ce serait tout.

Quand Megan m'avait demandé de faire une autre vente aux enchères caritative cette année, j'avais refusé de faire celle d'Halloween. Elle n'avait pas précisé que les costumes n'avaient rien à voir avec le fait que ce soit une soirée d'Halloween. Le concept était toujours une vente de dîner et ça rapportait beaucoup d'argent.

Nate et moi nous avions déjà débattu du fait qu'il était prêt à payer cinq mille dollars ou plus si nécessaire pour acheter le dîner avec moi. Il insistait que c'était pour la bonne cause. Une chose que j'avais apprise en un an depuis notre dernière Saint-Valentin était qu'il y avait plein de choses que je ne savais pas sur Nate.

Malgré le fait que je pensais tout savoir sur lui parce que nous avions grandi ensemble, j'ignorais plein de choses. Par exemple, je n'avais pas réalisé à quel point il avait une situation confortable. Oh, ce n'était rien d'absurde, il n'était pas milliardaire. Mais il gagnait beaucoup d'argent en tant que pilote et il avait été très intelligent avec ses investissements et en continuant de faire progresser son entreprise. Quelques mois plus tôt, il avait investi beaucoup d'argent dans l'un des nouveaux hôtels sauvages en cours de construction à une heure au nord de Willow Brook. Ce que je voulais dire, c'était que dépenser cinq mille dollars ne lui faisait pas peur. Quand je lui fis la remarque qu'il pouvait simplement faire un don à l'hôpital, il me dit qu'il n'avait aucune intention de laisser qui que ce soit d'autre m'emmener à dîner.

En me souvenant de cette dispute et de la folle partie de jambes en l'air qui s'était ensuivie, j'étais toute rouge en me regardant dans le miroir. Je sortis des vestiaires et réalisai que c'était la première fois depuis Halloween il y a un an et demi que je portais des talons. Ce qui montrait bien que je ne m'inquiétais pas de mon apparence la plupart du temps. Je m'arrêtai près du bar de fortune dans les coulisses. Ethan était là, très élégant dans son costume rayé gris. Ce soir, un autre homme s'occupait du bar avec lui.

— Eh bien, salut Holly! dit Ethan avec un sourire. Je ne crois pas que tu aies rencontré mon mari, Jack, l'année dernière. Jack, voici Holly, dit-il en nous désignant de la main. L'année dernière, elle a battu le record du don le plus élevé pour son dîner. On espère qu'elle va nous rapporter tout autant cette année.

Il me regarda et me fit un clin d'œil.

— Combien de shots de tequila, cette fois?

— Un seul, répondis-je avec un sourire. Il me faut quelque chose pour ne pas me dégonfler. Et quand ça touche aux enchères, ne t'inquiète pas, j'ai une garantie.

— Une garantie? demanda Jack.

Ils faisaient un beau couple. Ethan, avec ses cheveux noirs striés de gris et ses yeux bleus, et Jack, avec ses cheveux gris brillant et des yeux bleus encore plus marquants. Lui et Ethan avaient tous les deux un éclat amusé dans le regard, leur affection détendue était évidente.

— Oui. Tu te rappelles la personne qui a acheté le rendez-vous l'année dernière? demandai-je en regardant Ethan.

— Oh oui. Tu étais dans tous tes états après. Même si...

Il s'arrêta, en plissant les yeux.

— Quoi?

— Non, non, je te laisse finir.

— J'allais simplement dire que c'était assez évident qui tu aimais bien ce garçon, même si tu avais l'air énervée qu'il ait gagné, ajouta Ethan avec un sourire lent.

— Je l'aimais bien, en effet. C'est mon mari maintenant.

Ethan frappa des mains et fit le tour de la table pour me prendre dans ses bras.

— C'est parfait! On utilisera ça sur notre prochain poster pour cet évènement. Un de nos rendez-vous s'est transformé en conte de fées.

Ethan regarda Jack qui rit simplement en haussant les épaules.

— Si tu ne l'arrêtes pas tout de suite, il va mettre ton visage partout sur les posters, me prévint Jack.

Je haussai les épaules.

— C'est pas grave. Si ça récolte des fonds, je suis pour.

Jack me servit un shot de tequila généreux et on parla un moment alors que j'attendais que Megan vienne me chercher pour que je monte sur scène.

Encore une fois, l'éclat des lumières ne me permettait pas de voir quoi que ce soit après le premier rang, mais, quand j'entendis la voix de Nate, un petit éclair d'excitation me traversa. Quand mon tour fut passé, je traversai la scène, faisant un tope-là à Megan et levant mon pouce à la prochaine personne qui montait sur scène, qui n'avait pas l'air ravie.

Ethan m'escorta jusqu'aux vestiaires pour rencontrer mon « acheteur ». Contrairement à la dernière fois, je n'étais pas stressée ou inquiète de qui avait acheté quelques heures de mon temps.

Quelques minutes plus tard, la porte s'ouvrit et je me tournai pour voir Nate. Il ferma la porte derrière lui et resta immobile. J'étais convaincue que je ne me lasserais jamais de le regarder. Ses cheveux marron étaient ébouriffés, ses yeux sombres. Même s'il portait un simple jean et un t-shirt, son corps musclé était très visible.

— Viens là, ordonnai-je alors que me pouls s'accélérait et que la chaleur dans ses yeux me donnait vie.

Il s'approcha de moi rapidement.

— Cette fois-ci, tu as plutôt intérêt à ne pas me faire attendre aussi longtemps pour mon rendez-vous. Je le veux dès ce soir, dit-il quand il se planta juste devant moi.

Il s'approcha encore, passant une main dans mon dos, sans perdre une seconde. Il remonta ma jupe et posa sa main chaude sur mes fesses.

— Holly, tu ne portes pas de sous-vêtements, murmura-t-il, d'une voix rauque.

Ses doigts jouèrent avec la courbe de mon cul, passant dans le creux entre mes cuisses.

— Ouais, gémis-je.

Un frisson chaud me traversa quand il pencha la tête, passant sa langue sur la peau sensible juste derrière mon oreille. Une chair de poule s'empara de ma peau. Quand il releva la tête, ses yeux étaient encore plus sombres. Le regard qui s'y trouvait était si intense qu'il me coupa le souffle. Mon cœur battait la chamade et mon ventre se nouait.

Il passa ses doigts le long de ma chatte mouillée. J'avais fait ça pour l'exciter. Mais j'oubliais toujours qu'il me faisait perdre la tête. J'avais besoin qu'il plonge en moi tout de suite, et rien d'autre.

— J'ai besoin de toi, murmurai-je avec un ton d'urgence.

Une autre chose que j'avais apprise sur Nate était qu'il s'assurait toujours que j'aie ce dont j'avais besoin, quand j'en avais besoin. Même si je n'avais personne avec qui le comparer pour l'acte complet, en soi, j'avais eu beaucoup d'expérience avec les préliminaires. Personne ne lui arrivait à la cheville. En un éclair, il nous retourna, fermant la porte à clé alors qu'il me collait contre le bois. En nous débattant un peu, on libéra sa queue et il plongea en moi. C'était chaud, rapide et précipité.

Après ça, il m'attendit le temps que je retire mon costume d'infirmière idiot et que j'enfile un jean et un pull. Il prit ma main quand on se mit en route. Ethan et Jack étaient encore au bar car la soirée était loin d'être terminée.

— Quelle est la destination, les amoureux? demanda Jack avec un clin d'œil.

Je regardai Nate.

— Où est-ce que tu veux aller dîner? demandai-je.

— Tu m'as promis un burger.

Avec un rire, je partis avec lui, le gardant à mes côtés à chaque pas. Il faisait très froid, bien sûr. Février en Alaska, le cœur de l'hiver.

— On n'est jamais venus ici pour notre rendez-vous, l'année dernière, dit Nate en me regardant du coin de l'œil.

— Non, c'est vrai. J'imagine que je te dois deux rendez-vous.

Un sentiment de joie fou bouillait en moi. Il y avait les fantasmes, et il y avait la réalité. Quand il s'agissait de Nate et moi, la réalité était bien mieux.

NATE

Je me tenais en bas des escaliers dans la cuisine à attendre que le café soit prêt et que Holly descende. J'avançai vers la fenêtre et regardai dehors. Le paysage était couvert d'un gel brillant. Tout éclatait de lumière sous les rayons du soleil. J'entendis des pas et me tournai pour regarder vers l'étage. Les cheveux blonds de Holly étaient assombris car encore mouillés après sa douche, elle portait un jogging, de grosses chaussettes et un t-shirt. Une de ses chaussettes était grise et l'autre verte. Bien entendu.

Objectivement, ce qu'elle portait n'était pas sexy. Mais, pour moi, Holly aurait pu porter un sac poubelle et elle me couperait le souffle. Alors qu'elle descendait les marches, je remarquai que ses joues étaient rouges.

— Quoi? demandai-je.

— Rien.

— Rien?

Elle gloussa.

— Okay, peut-être pas rien.

Je la tirai vers moi. J'adorais le fait que vivre avec Holly était comme déballer un cadeau tous les jours. Je pensais tout savoir sur elle. Mais non. Le grand secret de sa virginité me choquait encore un peu quand j'y pensais. Depuis l'année dernière, j'avais découvert qu'elle était bien plus têtue que ce que je pensais. Je m'en fichais. Complètement.

Elle avait un côté tendre que je ne connaissais pas vraiment avant. Elle était tellement coupante et sarcastique. C'était ça la partie d'elle que je connaissais bien. Ça faisait vraiment partie de qui elle était, mais ce n'était pas tout ce qu'elle était. Elle adorait le refuge pour animaux et y allait souvent. Nous avions adopté deux chiens. On pensait que l'un était proche du husky et l'autre un mélange de labrador.

— J'ai du retard, dit-elle enfin en levant la tête pour me regarder.

Mon cœur sursauta.

— Quoi? Tu es sûre?

— Je suis sûre que j'ai du retard, je ne suis pas sûre de ce que ça veut dire. Donc je ne peux pas boire de café, dit-elle soudainement.

— Café?

Elle secoua la tête.

— Mon corps est un temple maintenant, il porte la vie, il faut que je le traite parfaitement.

Une autre chose que j'avais apprise à propos de Holly était qu'elle voulait désespérément des enfants. Ce qui m'allait très bien. Surtout puisque ça voulait dire qu'il fallait qu'on couche ensemble tout le temps. Même si, dans tous les cas, c'était ce qu'on faisait.

Plusieurs heures plus tard, après qu'un test nous eut confirmé le fait que Holly était enceinte, elle se blottit contre moi sur le canapé alors que la télévision chantait dans le fond.

Ce que je préférais dans le fait d'être avec Holly? Ces moments-là. Le quotidien. Les moments où il n'y avait que nous et que nous existions au même endroit, au même moment.

Je fis rouler ma tête sur le côté, reniflant l'odeur de ses cheveux.

— Je t'ai dit à quel point j'étais soulagé qu'on ait fini par comprendre?

— Qu'on ait fini par comprendre quoi? ddemanda-t-elle alors que ses yeux brillaient d'un sourire quand elle me regarda.

— Que tu étais faite pour moi, mmurmurai-je en l'embrassant.

Comme c'était Holly, il fallait qu'elle ait le dernier mot, et elle recula avec un gloussement.

— Oh non, tu étais fait pour moi.

Inscrivez à ma newsletter ! Ça fait quelques années qu'Amelia et Cade se sont retrouvés dans Brûle Pour Moi, livre 1 dans Au Cœur des Flammes Série. Profitez de cette tranche de vie, tirée de leur avenir.

Cette scène n'est disponible que pour les abonnés à la newsletter. Cliquez sur le lien ci-dessous.

Brûle Pour Moi - Scène Bonus

. . .

À suivre dans la Saga Au Cœur des Flammes : ***Crash Enflammé***, l'histoire de Remy et Rachel. Remy est le genre de gars fort et discret, le genre d'homme qui vous fait fondre au premier regard. Rachel est sexy et plein d'esprit, mais sa vie est partie de travers après une relation désastreuse. Remy pourrait bien lui faire perdre la tête. Ne manquez pas leur histoire !

1-click: ***Crash Enflammé***

À PROPOS DE L'AUTEUR

J.H. Croix est une auteur sur la liste des meilleures ventes USA Today, elle vit dans le Maine avec son mari et leurs deux chiens gâtés. Croix écrit des romances contemporaines à couper le souffle avec des femmes fortes et des hommes alphas qui n'ont pas peur de montrer leurs émotions. Son amour des petites villes et des personnages qui y vivent habite sa prose. Baladez-vous dans les folles romances de ses bestsellers!

jhcroixauthor.com
jhcroix@jhcroix.com